鸟情

孙荪 著

海燕出版社

·郑州·

图书在版编目（CIP）数据

鸟情/孙荪著.—郑州：海燕出版社，2024.6
ISBN 978-7-5350-9339-4

Ⅰ.①鸟… Ⅱ.①孙… Ⅲ.①散文集－中国－当代
Ⅳ.①I267

中国国家版本馆CIP数据核字 (2024) 第 010838 号

鸟 情
NIAO QING

___

出 版 人	李 勇	装帧设计	李健强
选题策划	董中山	排版制作	赵 钧
责任编辑	郭六轮	责任印制	邢宏洲
责任校对	康若怡		

___

出版发行：🌀 海燕出版社
地　　　址：河南自贸试验区郑州片区（郑东）祥盛街 27 号
邮　　　编：450016
发 行 部：0371-65734522
总 编 室：0371-63932972
经　　　销：全国新华书店
印　　　刷：河南瑞之光印刷股份有限公司
开　　　本：890×1240 毫米 1/32
印　　　张：9.5
字　　　数：150 千字
版　　　次：2024 年 6 月第 1 版
印　　　次：2024 年 6 月第 1 次印刷
定　　　价：38.00 元

如发现印装质量问题，影响阅读，请与我社发行部联系调换。

培养腾飞的翅膀

——《鸟情》新版前言

孙　荪

　　时间过得真快。我的第一本散文集《鸟情》在河南少年儿童出版社(今海燕出版社)出版已经三十八年。

　　令我始料未及的是，我在从事文艺理论和批评"主业"之外的散文试笔，竟然引发了许多影响。

　　收录在这本书中的《星云月三赋》被选入《中国新文艺大系·散文卷》，《云赋》还被选入20世纪八十年代的高中语文全国统编教材，并入选全国多种重要文学选本，获得一些文学奖项，又被译成英文，选入香港中学阅读在线。

　　更完全没有想到的是，这本书中的一些篇章至今还被有心的读者记得，尤其在大中小学和专科学校的语文课程中，仍然作为教材使用。

去年，人民教育出版社和我签约，如下作品被选入已使用多年的教材：

散文《鸟情》选入中国为海外学中文者所编的《标准中文》、国内义务教育教科书小学语文《同步阅读》五年级上册；

《庐山落霞》选入小学语文《同步阅读》四年级上册；

《读〈日月行色〉》选入全国幼儿师范学校语文教科书《阅读文选》第三册。

这些情况，对于作者来说，自然不能不欣慰；同样欣慰的是，不能不特别感谢编辑家、出版家的眼光和辛劳。

我常常想，如果没有河南少年儿童出版社（今海燕出版社）当时的社长胡大文先生的慧眼，我作为散文"业余"作者的试笔之作产生如此影响，应当说是困难的。

现在，我再一次遇到了幸运：在我80岁的时候，海燕出版社决定再版《鸟情》。

重新校阅书稿，正值新冠疫情肆虐期间。因为心有所乐，遂把疫情置之脑后。

其中的快乐之一，是对自己散文创作过程的追忆。

我之所以在20世纪七十年代末八十年代初写起散文来，缘起于两个想法。

一个是，我想为自己再加一个文学的翅膀，在更大的自由度上实现文学精灵的腾飞。

我当时的"主业"是文学研究，即文学理论和批评。此前多年理论和批评的写作实践，使我有一个"痛切"的感受：没有创作实践的理论家和批评家，是不完全的文学评论家。缺乏文学创作真切体验的文学评论家，是缺乏深厚的根基和底气的，难免在理论和批评中隔靴搔痒甚至无知妄说。

我希望自己能有理论和创作两个翅膀一起飞翔。于是，想通过散文写作再插一个翅膀。

正是在长时间的创作实践中，我体会到，好的散文产生的机缘，是构思选择、咬文嚼字、激情快乐与夹杂着各种麻烦的过程。

搜索枯肠，无病呻吟是写不出好文章的。好文章是综合感觉、经验、认知基础上，水满则溢、水到渠成的创造。

每篇文章产生的具体情景千差万别，不是也不可能是千篇一律的刻板制作。

粗略说来，可分两类。

一类是长期积累，"积攒"起来的，"酝酿"出来的，"沤"出来的；

另一类是灵感突发，"惹"出来的，"撞"上的，"逼"出来的。

一个曾经鲜活的生命现象在心中重现；

一段难以忘怀的珍藏记忆被打开；

一堆乱麻般的思绪中理出了一条线索；

一丛萌芽生长出一片葱茂；

一点新奇洞开一片想象天地；

一句话引起心灵的震颤；

……

这些令作者"忽然眼亮""猝然心动"的机缘，就是创作已经开始或者必须开始的信号。

有话要说，不说"憋"得慌；心游万仞，思接千载，不能自已；然后心手相应；然后如释重负；好文章有可能无法阻止地降生了。

我珍惜这些作为学人和作家不无美妙又不无辛苦的体味。

我也因此产生了第二个想法：与我的那时正在读小学和中学的几个宝贝孩子分享，"以文教子"，同时"作文共长"。这成了我散文写作的另一个有点"个性"的动机。

20世纪七十年代末，我从省委机关的集体写作转到社会科学研究的个人写作。我想把个人经历中得到的一点点感悟，传达给孩子们。

简而言之，是三句话：

第一句，作文很重要。

人的一生都在作文，人的一生就是一篇文章。就求学而言，不论任何学科从头到尾都离不开作文。

善于表达，包括良好的口头表达能力和作文能力，是人生发展的要事。作文，与做事，做人，互为表里，相映生辉。

人生不一定以作文为职业。但不会作文，如同鸟缺一翼，人走路没有车船桥梁，难以走快走远。这不仅是人生缺憾，甚至可能成为制约人生发展的瓶颈。

锻造表达的本领特别是自由度比较高的文字能力，是人生能力的综合，能量的凝聚，与人生的全面成长一起实现；同时，又是基础中的基础，越早开始越好。

尽管广义的文字写作，尤其学生的作文，并不算是严格意义的文学创作；但它们之间的要义是相通的。好的作文具有文学的元素，甚至展现出少年学子文学的天赋，成为日后文学创作的试炼场和出发地，似乎是顺理成章的事情。

第二句，作文是难的。

以中国人的普遍经验，过这一关，颇为不易。

作文，源于生活，是啥写啥，有啥说啥，想啥作啥，又有何难？

但照搬照抄直来直往，似乎难成文章。既要合乎文理常规，又要独出心裁，甚至标新立异，才可能称为好文章。

毋庸讳言，写好文章是难的。

即使做到文通字顺，词能达意，这也是需要比较长的时间磨炼才能达到的。

更深的层次，如苏轼先生所言，"求物之妙，如系风捕影，能使是物了然于心者，盖千万人而不一遇也，而况能使了然于口与手者乎！"

人们说，会写文章的人都是聪明人。其实这些人恰恰是笨人，或者先都是笨人。不要说写一本书，哪怕一篇文章，总感到书到用时方恨少；捉襟见肘，真知灼见欠缺；笔力不足，火候不到；更不要说视野、胸怀、格局了。只有或者只能是笨功夫，艰难困苦玉汝于成。

第三句，作文是快乐的。

作文与阅读和人生历练同步，互相生发，互相促进，一旦心手相应，由生而熟，快何如之；进而熟能生巧，出现生花妙笔，奇峰突起，造出现实世界之外的又一天地。可为当下添彩，又可流传长久，实在有点兴味无穷。

我有点欣慰的是，孩子们已经长大成人，都已年过或年近半百，爸爸的散文多多少少仍然存留在他们的记忆之中；不论他们从事什么职业，似乎大多保持着对文学与写作的兴趣。

至于散文写作对我的文学理论和批评所产生的影响，诸如对文学作品的体察，对作者的理解，对文学艺术规律的感悟，受益多多，这里先不去说。有一个事实是，我的文学生涯中的散文写作，由那时的"业余"转成了终生放不下的"主业"之一。

于是，我陆陆续续写了一些散文，出版了散文集《瞬间解读》《生存的诗意》《回故乡记》等，而第一本就是《鸟情》。

当然，我也是清醒的。文章发表、出版甚至选入教科书，并不一定就是最好的文章。

我深知：作文不易；作好文尤难。好文章可以偶然得之；但只有驰骋在艺术创作的规律也即善于驾驭必然性上，才能写出更多的好文章。事实也是，时间偏爱真善美的作品。

由于我写散文处于"业余"状态，不是外力要求乃至名利驱动，往往出于内心的需要，非见物生情心有所动时不去动笔；如果动笔，则尽力使所写有一点神采和几分文采，自己比较满意时才示人。我信守古人"修辞立其诚"的大教，用作文磨砺思想，拓展想象力，力求逼近真情真境，努力曲尽其妙，于本真中得善见美审丑。从而不负时代和读者，尤其希望对新时代的青少年读者有所帮助。

也许正因为此，重读这些早年的文稿，尽管时见不尽如人意之处，但我仍不免时有心动，乐在其中。这也许是文学创作对真心苦心者的一点馈赠吧。

2023年3月9日于畅园

爸爸的散文和我们

——《鸟情》初版序言

孙韫　孙韧

　　自从听闻河南少年儿童出版社（今海燕出版社）要为爸爸出一本散文集，我们就热切地盼望着见到新书。前些天，爸爸从出版社回来，我们又急切地问："爸爸，书怎么样了？"爸爸说："就差一个序了。"

　　序让谁写呢？我们真想不到。有一天，爸爸笑着对我们说："有位叔叔出了个好主意，请你们来给我的小书写序吧。"我们一时都没反应过来，抬头看见爸爸认真的神情，又不像在开玩笑，就说："那怎么行啊？"爸爸说："怎么不行呢！你们了解我和我的散文，把你们的所见、所感如实写出来，对我，对读者，特别是对和你们一样的青少年朋友，也许格外有意义呢！"经爸爸这么一启发，我们说："既然爸爸这样信任我们，不妨试一试。"

记忆的闸门打开了，往日的一个个镜头在我们脑海里闪现出来。

几年前的一个夏日的傍晚，快吃晚饭的时候，爸爸风尘仆仆地出现在门口，千里旅行显然使爸爸很疲倦。我们一下子围上去，小弟弟竟然爬到爸爸身上，搂住了爸爸的脖子。妈妈接过提包，说："快吃饭吧。"爸爸放下小弟弟，笑着说："你们先吃吧，我在飞机上想好了一篇文章，得赶快写下来。"

爸爸拧亮台灯，摊开稿纸，刷刷地写了起来。两个钟头过去了，爸爸合上笔帽，转过脸来，喊道："来吧，孩子们!"我们看到爸爸的脸都兴奋得发红了。姐姐手快，拿过了稿纸，大声读道：

"《云赋》：'小时候在农村，二八月看巧云。'"

头一句就把我们吸引住了。弟弟若有所悟地说："爸爸也有小时候啊!"

我们静静地听着，跟着文章的思路，我们仿佛一会儿在地上，一会儿又飞到天上，那多姿多彩的云朵使我们产生了无限的遐想。爸爸坐在罗圈椅上，嘴角露出喜悦和期待的微笑，好似一位厨师，在等待着别人对自己饭菜的评价。他凝神注视着前方，又似乎什么也没有看见，神经全集中在听觉上了，爸爸的手无意识地在椅子上画来画去，也许在重复写着文中的某个字。

"我儿时的遐想，真还包含着点辩证法的萌芽呢。"

文章念完了，可我们都还沉浸在对天上美景的遐想之中。妈妈这时故意埋怨道："瞧你们爷儿几个，文章就能填饱肚子啦！"爸爸像醒过来似的说："噢，对了，我咋说肚里老敲鼓呢！"我们全都笑了。

没想到，爸爸的第一篇散文竟是成功之作，发表在《北京文学》上，并被选入了高中语文课本。于是许多老师写文章评论《云赋》。我们拿着其中的一篇问爸爸："他说文中的乌云、太阳都有象征意义，你当时是这样想的吗？""我当时哪想这么多，我只是想用最生动形象的语言把我的所见、所感真实地写出来，传达给别人，至于象征意义，那就全由读者去理解了。"爸爸就是这样，无论作文还是做人，都信奉一个真字。他认为，有真才会有善、有美；有真才能打动人心，使人们产生共鸣。

以前我们总认为爸爸的文章是些高深难懂的大理论，根本不关我们小孩的事。可是读过《云赋》，忽然觉得，爸爸的文章我们小孩也能读懂，并且读得津津有味呢！从此，我们关心起爸爸写的散文来了。他每写成一篇，就先由我们几个朗读，品评，提出自己的看法。爸爸总是认真地对待我们的意见呢。

爸爸常在饭桌上、散步时，给我们讲他的有意义的、有趣的生活经历，我们也把所见到、听到的新鲜事告诉他，爸爸就很自然地启发我们去思考小事中包含的深意；或者让我们用简洁的语言去描述事物、事情。这样，在不知不觉中，我们的观察、思考、写作能力也有了提高。

本来，我们也是怕写作文的。爸爸总是说："写你们熟悉的，写真景、真情、真趣、真知、真理，并把它们交融起来，就会有好文章。从编假到写真，是写文章的一个坎啊。"我们也从爸爸的文章中体会到一点味儿，就照着学写日记，慢慢地觉得有啥可写了，对写作文也不怕了，写时还有一种亲切感呢。

有一次，爸爸动情地给我们讲他小时养鸟的一段趣事，那只虽不美却通人性的山老鸹，是那样令人爱怜。听后我们都说："爸爸，你把这个故事写下来吧，善于思考的人们也许会从中得到些启发呢。"不久，我们在《北京文学》上见到了爸爸写的《鸟情》。

有一次，爸爸到北京出差两个月，我们说好每周给爸爸写一封信，轮流执笔，把我们的生活、学习情况告诉爸爸。姐姐先写，她写了最近的思想，作为一个青年的烦恼和欢乐。一周后，爸爸寄来了厚厚的一沓稿纸，是一篇题为《成长》的散文，记述了父亲眼中的女儿慢慢成长的过程。姐姐读着读着，泪水涌出眼眶，亲切温馨的回忆怎能不使她激动呢！爸爸用他那明察秋毫的眼睛，注视着孩子的每一点进步，而这每一点进步都融进了爸爸对我们深沉的爱，都包含着老爸殷切的期望。

我回信的时候写道："姐姐读信的时候，弟弟凝神听着，听完后激动地说：'明天我也给爸爸写一封信。'"明天、后天、一周过去了，弟弟不曾提笔写一个字。爸爸又寄来了《明天开始》，弟弟读着读着，脸红了，最后钻进了被窝，不愿见人了。从这以后，弟弟办事拖拉的毛病还真改了不少。爸爸就是这样，用他那饱蘸父爱的笔，记录我们成长的足迹，督促我们上进。同时也留下了他自己对生活的感受，对真、善、美的追求。

这些散文，在文学的百花园中，也许并不特别引人注目，但对于我们可具有特别的意义。它使我们爱上了生活，也爱上了文学，促进了爸爸和我们之间的思想交流，使爸爸更爱我们，我们更爱爸爸。

我们猜想，和我们一样的正在成长的青少年朋友们，也一定乐意来分享我们的欢乐；和爸爸一样的父母们，也一定乐意从中寻找沟通父母和孩子之间思想感情的线索吧。

1984年7月

注：孙榅，时为北京大学学生

孙韧，时为河南省实验中学学生

目 录

星云月三赋

星　赋

久住城市的人，习惯于报纸、电台、钟表和历书来报告月份、日期、时辰和气象。到了夜晚，则更习惯于辉煌的灯光，枝遮叶挡的林荫大道，高过十几、几十米的楼房。对于头顶上天空的星移斗转，大家留意得却很少，不少人仅知道太阳、月亮，而对壮美的天球，繁密的星辰和奇妙的行星运动，几乎看不到或视而不见了。

这真是一件憾事。数万数千年以来，人类的这些"至爱亲朋"好像有点疏阔了。

但在农村却不同。

人类的古朴的遗风在农村比城市保留得多一些，天上的星辰对农村的居民似乎比城市的居民感情更深厚一些，关系更亲密一些。

在农村看天空，那风姿就不一样。

太阳像一位威武、严厉的司令，巡视奔忙了一天，要去山林别墅休息了，月亮出来代班。群星像卫士一样一个个站到了自己的哨位上。在那万里无云的晴夜，天空像无边无际的帐幕，有时呈现出叫人怡神悦目的蔚蓝色；有时呈现出牵人思绪的凝重深邃的宝蓝色。那帐幕上面，明明暗暗，闪闪烁烁，像镶嵌着数不清的奇珍异宝，或者安装着算不出支光的电灯。

这景象不禁使人想起古人庄周描述天宇时说过的"以日月为连璧，星辰为珠玑"的话来。星星也真好像有神智似的，有的在天真活泼地眨眼，有的表现出一种富有诗意的朦胧。在有月光的时候，天宇薄明，天幕也被抹上浅浅淡淡的月白色。这样的夜晚，放眼乍看，偌大天空，星星只有这里、那里不多几颗。但睁眼细瞅，却是点点团团，林林总总。

不过这是指星星在新月如钩或上弦下弦弯挂的时候。

若是满月中天，星星们大多自动把芳姿掩了起来，让月姑娘尽情地显露一下光彩。别有意趣的是，当雨后乍晴风流云散的时刻，星星们像忍受了离别的痛苦又得以重新眷顾人间似的，一个个眨着水汪汪的眼睛，真似含泪带笑，情意脉脉。

试想：月姑娘如果没有星星陪伴，该是多么的孤独！夜空如果没有星星点缀，该是何等的空荡荡啊！

星星的风姿确实是瑰丽多彩的。

月亮尽管有形体和色彩明暗的变化，但终因只有一个，面容的变化有限。太阳当然是光华灿烂的，但宇宙中像太阳一样

梦的底片

的恒星竟有亿万颗之多。我们看到，圈绕太阳旋转的一颗颗著名的行星，如明亮的金星，神秘的"红色"火星，有着异常迷人的光环缭绕的土星，耿耿闪耀，无疑是美的；但银河两岸群星罗列密布，更是美不胜收。

夜里，还有那经常出现的流星，也会激起人们思想的火花。

奇异的光亮一闪，转瞬即逝，时间最短只有几分之一秒。据观测者估计，在夜间的每一小时，用肉眼可见的流星有十个左右。这种流星愈到子夜以后直至凌晨，越多，越亮。有人估计每日的流星实际竟有八十亿颗。有一种叫作火流星的，发出的亮光堪与满月匹敌。

偶尔还会遇到一种流星雨，当它发生时，一小时就有数百颗流星掠过，好像滚过天庭的宫车的辐条一个个从轮枢中被射出来一样，又像一个爱玩耍的天女站在一个地方顺次扔出许多闪光的石子。这种流星的体积很小，天文学家说它不会比米粒大多少，有可能是彗星或陨星碎片。它不甘于按照一定的轨道飞转，企图逃逸出来自由一下，但是它得到的是粉身碎骨，只有一点亮光作为报偿。

星星是美丽的，也是奇妙的。人们世世代代思考着，谈论着它的奥秘。像漫无边际的空间和无止无休的时间一样，人类对星空的科学认识经历了并且仍在经历着漫长的过程。

星星本不是有情物。它与人类默然相对，不远也不近，不热也不冷。但热情的人类还是首先发出了相思之情，总是觉得它同自己的生活有点关系，并从一厢情愿出发，面对星空作出多种多样的解释。

古人把茫茫的星空，依据星宿排列的图案，如同一个国家的省区一样，把星空划分为大小不等的天区并把地面的每一区域都对应在某一星空的范围之内；如我国古代天文学家为了观测天象，选取了二十八个星官作为观测时的标志，称为"二十八宿"。

古人还用奇异生动的想象赋予各种星斗以优美的形象和名称，如火熊、虎豹、天鹅、天鹤、凤凰、飞鸟、巨蛇、豺狼、仙女、玉帝、牵牛、织女、船尾、船帆、宝瓶、时钟等等。人们把天空那长长的繁星密布的带子叫作天河。为什么会有一条天河？那是王母娘娘为隔绝织女和牛郎这对情人而用簪子划成的。为什么天河上有一片星星密密麻麻？那是天上的喜鹊为帮助牛郎织女相会而用身体和翅膀搭成的鹊桥。这个故事流传得如此之广又如此深入人心，许多诗词戏曲都以它作素材。但实际上，如杜甫所慨叹的："牛女年年渡，何曾风浪生？"哪有天河和牛女呢！

从艺术的角度来看，许多有丰富瑰丽想象力的神话传说，表现出人类的极端聪明；但从科学的角度看，却又是十足的愚昧。

古代长期流行一种占星学，根据天体的运动来预卜吉凶祸福，比如彗星的出现，被人们视为灾难的征兆，或附会为某个大人物的生死。公元前43年的彗星，古罗马人把它当成上升天堂的尤利乌斯·凯撒的灵魂。1811~1812年的彗星则干脆被称作"拿破仑彗星"。

我国的史书和小说中，一再出现所谓某个帝王大臣"上应某星""某星下凡"或星陨预告人亡的情节。

《水浒传》上的起义军领袖们也演了一出"石碣受天文"的好戏。借用迷信的力量，表示"上应天星"，合当聚义，并且"天罡、地煞星辰，都已分定次序"，不必争夺地位。

甚至还有传说，地下异物的光华，必然焕发为天上的宝气，在星辰间反映出来。《晋书·张华传》就有一个丰城宝剑的故事。说晋初牛斗之间常有紫气照射。一个叫雷焕的告诉张华说，宝剑之精，上彻于天。张华命雷焕寻觅，果然在丰城牢狱的地下发掘到宝剑一对，一名龙泉，一名太阿。后来，这一对宝剑没入水中化为双龙。这种传说，来无影，去无踪，实在难掩其怪诞。

喜好思索和探求事物的奥秘，是人类的一种快乐，也是人类的一种天性。凭着这种天性焕发出来的聪明智慧，人类经过长期的实践，逐渐认识了星星同人类的生活和文明进步的关系。

早在五千多年前，一些从事农耕的民族已经把季节的更替和日月星辰的运动联系起来，创造了古代的天文学，从而摸索到谷物种植的季节，河水泛滥的时间，以兴利避害。四千多年前，中国已通过对星相的观察创造了基本正确的历法，现存河南登封的"周公测景台"是世界第一个拥有仪器的天文台。

古代航海家焦虑的是海路漫漫，风险丛生，因为天上缺少一种可靠的时钟，一个航海的指路人。但长期的摸索，使他们利用恒星导航，完成了一系列惊人的壮举。军事家和旅行家通过北斗七星辨认方向，以至后来钟表快慢的标定，历书的推算，都是由于人们对星辰运行规律的掌握。

一旦把眼界从自己的窄小庭院和附近的咫尺天地投向太空，人们就发现，星星世界虽然离我们是如此遥远，但它又同人类如此接近。

真理是时间的孩子。人们对星空世界的千百年来的探求，到了四百多年前的伽利略，才真正揭开了星球运动的奥秘，优美无比的天堂被废除了，地球中心说被打破了。以此为开端，人类对宇宙星空的认识进入了一个新时代。人们的眼界和思路都改变了，星空和地球上的人类的距离一下子好像缩短了。星星尽管仍是和人类默然相对，不愿意炫耀自己的身影，不愿意流露自己的感情，但人们感觉到星空世界所具有的感人魅力是空前的强烈。

当科学的发展使宇宙飞船像今天的自行车一样成为普通的交通工具，使宇宙航行只不过像出一趟远差一样的时候，星星同我们居住的地球，就不仅不再是遥远不可期的远亲，也不只是过从甚密的近邻，而是可以朝夕相见的家人了。我们现在称颂的国际主义就要为星际主义所代替，深信这一天会到来。

云　赋

　　小时候在农村，二八月看巧云，是一件赏心悦目的快事。每逢这样的时候，天上美景总是引起童心的好奇和遐想。要是那天上的棉山粮垛能落入人间仓库，那数不尽的羊群马队能赶到乡村的圈栏，那无数的瓦块能送给百姓盖房，该多好啊！可这些念头像多变的云朵一样，来得疾，去得也快，自生自灭了，那美丽的天堂离人间究竟太远太远了。

　　后来，我常想写一篇云赋，但却一直是想想而已。直接触发我拿起笔来是在一次旅途上，飞机中。

　　那是六月底的一天，时令正值仲夏，我买好了上午十时从北京飞往中原的票。可是不巧，天不作美。清晨起来就见那天空像一大块洗褪了色的浅灰色大幕。不知是谁在往下扯这大幕似的，天空比往常低多了。在我动身前往候机大楼的路上，觉得脸上有凉丝丝的雨星飘来。抬眼一看，那灰色的天幕像浸透了水一样，沉甸甸的，越坠越低，颜色也由灰变乌，更阴暗了。眨眼工夫，像有狂风从天幕后边猛吹似的，只见这里那里涌出一大团一大簇的乌云来。有的如有首无面的凶神恶煞、有眼无珠的妖魔鬼怪，有的如乌龙青蟒、黑熊灰猩，奔跑着、追逐着、拥挤着、翻卷着、聚拢着，好像在执行着什么攻城略地的庄严神圣而又刻不容缓的使命，大有非把敌人逐出国门并踏为齑粉不可之势。

"心为物役"，我的思绪也禁不住随着乌云狂奔起来。

忽然，"吧嗒""吧嗒"的声音把我的思绪打断了，我看见黄豆粒大的雨点冷不丁地东一颗西一颗地摔下来，砸在水泥地上，炸开一个个小小的水花。不一会儿，雨声就由"沙！沙！沙！"而"唰！唰！唰！"雨丝由断而联，由细而粗，雨下起来了。

我知道糟了！今天的航班怕要误了。果不其然，当我们坐车到达机场时，广播里正在告诉旅客：飞机不能起飞，请耐心等待。我们只好在候机室里恭候上苍开颜赏脸。

这时的天空，像乌云已经牢牢控制了局势的战场一样，紧张愤怒的情绪已经变得比较轻松。因为暴怒而显得乌黑的脸膛也变得稍微明朗了些。乌云也在趁机会歇歇脚，喘口气，再也不那么急急地奔驰了，带着重重的水汽的云在徜徉，或在低空和雨帘中轻轻掠过。

幸运得很，上苍还算给面子，夏天的雨来得猛，去得快，只不过一个多小时，雨停了。

大概乌云是以雨为矢同太阳作战的吧，那雨一停，太阳可就反攻过来了。

这时的乌云已经弹尽粮绝，几小时以前乌合起来的"兵马"，现在是丧魂失魄，溃不成军，大有不堪收拾之状。只见

天上棉花糖

狼奔豕突，顷刻间纷然瓦解，无影无踪。太阳卷土重来，君临上界，天晴了。

　　整天艳阳高照，也许不觉得太阳的妩媚。雨过天晴之后，特别是旅途遇雨又天晴，太阳也像换了新的，光华格外灿烂。天空和万物都像新洗过了。空气就不用说了，像新充了更多氧气。天边偶尔飘浮着淡淡的白云，像什么神仙画家从天庭跑过，信手运笔，轻轻抹在青山之旁，蓝天之上。又像从别的什么仙境飘来的片片银色羽毛，若飞，若停，吸之若来，吹之若去。这时候，你鼻翼翕动，只觉洁净清爽，沁人心脾，纵目四望，只觉耳目一新。

但那一天，使我最为心旷神怡，思绪飞越的，是登上飞机以后看到的云景。

我是头一次坐三叉戟飞机。我的眼睛盯着窗外，飞机碰着云了，钻进云层了。不，我们高高地在云层之上了。

真有意思：我们往常看到的云，都是离地面较低的，尤其是乌云。当飞机越过一万多米的高空以后，一幅真正瑰丽的彩云图出现了。谁能想到，几个小时以前，在地上仰望苍天看到的是那样一副面孔；几个小时以后，在你的脚下，却看见了这样一副仙姿。

连绵起伏的云山絮岭宛如浮动在海上的冰山。由一色汉白玉雕砌而成的各式各样的宫阙亭榭，高高低低连成望不到头的长街新城。金色的阳光把这些银色的山峦和楼台勾勒出了鲜明的轮廓。用银装素裹，分外妖娆几个字来描绘，倒是十分妥帖。还有那像用白色的绢绸和松软的棉絮制成的散漫的巨象，大度的白猿，从容的骆驼，安详的睡狮，肥硕的绵羊，伫立雄视的银鸡，或卧，或坐，或行，或止，都在默默地体味这空蒙的仙境中片刻的静美。我也有点像驾着祥云遨游九天的神仙了。

但由于老习惯的驱使，我又抬眼仰望天空。啊，湛蓝湛蓝，高远莫测，一丝儿云也没有，一点儿尘也看不见。冰清玉润的月牙，像是"挂"在南天上。可细看，又无依无托，使人觉得好似从哪里飞来的一把神镰突然停在了那里。

我心想，这才是天空的真面目呢。人们往往把云和天搅混在一起，其实云层和天空本是两回事。"拨开乌云见青天"之"青"，原来是只有站在云头之上才能体会得到的啊。

这时候，我脑海里忽然涌出许多作家对云的千姿百态、千娇百媚的描写，但一同我眼前亲见的景象相比，都有点失色了。

记得上学时读屈原《九歌》中的《云中君》，诗中礼赞云神"烂昭昭兮未央""与日月兮齐光""龙驾兮帝服，聊翱游兮周章""览冀州兮有余，横四海兮焉穷"；我很钦佩屈子"精骛八极，心游万仞"的想象力，但对云中君的感觉终较模糊。有了这一次亲历，云神的形象在我脑中有点根梢了。

当我结束这次空中旅行的时候，一个极普通的景象引起了我的注意：田野里的禾苗因一场夏雨刚过而变得生机盎然。于是，在我脑海里迅速闪过一个念头：无云何来雨，无雨何来五谷丰登、牛肥马壮、新房林立？我儿时的遐想，真还包含着点辩证法的萌芽呢。

月　赋

人的感觉常常是因时而异、因人而异的。

月白风清的春宵，星河灿烂的夏夜，飞彩流辉的中秋，星月无光的风夕雨夕，在人们心目中留下不同的面目。

不同心境的人对夜的想法也不一样：情人们爱夜的神秘，闲人们爱夜的清幽，劳动者爱夜的松弛，知识者爱夜的安静，盗贼和阴谋家爱夜的黑暗。

我爱夜，爱月色。

住在山中，月出得迟，有时接近四更的时候，才从山坳里吐出半轮月来。若在崇山峻岭之中，常有山高月小之感。但一旦千山万壑之中苍茫云海之间，拱出一轮满月，试看云状、月色、山影，深深浅浅，明明暗暗，忽见天宇无法度量的寥廓无限。

住在江边海滨，景象可就不同了。西山金乌坠地，东海玉兔徐升，就好像从海浪中出生一样，月挂高空，又见它在江流海浪中翻涌。月光水光，你映我照，千里万里，无处不明。

在城市里，尽管高楼鳞次栉比，绿树夹道掩窗，电灯如星光闪耀，戏剧电影如家常便饭，常常把月亮的姿色遮没下来，或者被弄得支离破碎，仍有不少人保持着赏月的兴致，尤其在元宵、中秋、周末、假日。

若在平原旷野，欣赏月色也许味道更浓。

那里，当然也免不了有风沙蔽月的黄昏，愁云惨淡的晚上。但时逢三五的春宵、夏夜，天上一轮捧出，白日的炎热、尘土、汗雨、吆喝，都慢慢停了下来，退了下去。人们好像来到了另一个世界上。由白日守在自己的劳动岗位上，得闲环顾四周，发现环境变了。

月光溶溶，如纱如绸，如银如水，洒满小院、全村、大地。树影、屋影、人影，朦朦胧胧，影影绰绰。天更宽了。地更平了。陶令公这样写过，"昭昭天宇阔，晶晶川上平"，真算是道出了平原月色的特点。在这种时候，人们如梦如幻，如醉如痴。洗澡、谈天、做针线、听收音机，极度的放松，充分的休息，全由着你，月光总照着你。

我曾经饱赏过各种各样的月色，我不由得赞美月色！

月色，看上去清冷。"影自娟娟魄自寒"，古人这样解释过。

《淮南子·天文训》说："积阴之寒气为水，水气之精者为月。"《龙城录》上记载：唐玄宗游月中，见一大宫府，榜曰"广寒清虚之府"。

现今，科学已经揭开了月宫的奥秘。像这样幼稚的说法，人们已经清楚，那是感觉加想象的产物。不过，有点意思的是，它们倒有一个共同点，就是都说月亮有个寒字。寒，使月

但願人長久
壬寅初夏 鄭馮傑

光清冷，但我总觉得，这是因为月亮的脾性爱洁净。

　　一弯月牙挂在天边，一轮满月升在中天，真像新磨过的
银镰，新拭过的宝镜，新洗过的玉盘，纤尘不染，清光四溢，

令人观之醒神益智，清心寡欲。迷人的月色像透明如水的水晶花，露水不停地为它洒水，薄雾不停地为它洗尘，有时宁愿多费一些露雾使它结成霜，也不使它蒙垢。有时，可恨的乌云硬要来玷污它，它躲藏，抗争，冲破云片，这样的时候，地上的花儿也为它手舞足蹈呢。人们不是经常看见"云破月来花弄影"的动人情景吗？人们总是希望月宫洒下更多的清光，辛幼安曾经这样幻想："斫去桂婆娑，人道是，清光更多。"

人常说孤月，"皎皎空中孤月轮"，似乎孤独是月的怪癖。我说，它不是孤独，是静谧。

同熙来攘往、人声鼎沸、虎争狼斗的白昼比起来，夜是萧索的。但是，请看月里嫦娥的周围不是也有不少陪伴者吗？

宫中家里是不用说了：仙子在练功，吴刚在酿酒，蟾蜍在装饰琼楼，玉兔在研制新药。周围呢？清风是最亲近的伴侣，星星在交换着鼓励的赞许的目光，有时白云在天边和身旁逡巡。空中，仙鹤偶鸣，翔鸟时过，鸣雁北去，乌鹊南飞。地上，飞萤闪闪，蟋蟀唧唧。最令人欣慰的是，人间专有"浩歌待明月"者，电影、戏剧装扮得良夜生色，歌声、琴声、书声，低吟浅唱，意趣盎然，更不用说夜战劳动者的欢声笑语了。

其实，月亮自己并不感觉孤独，只要看它那开朗的面容就知道了。

但它确是娴静的。它带给人们的是难得的静谧，尤其是在噪声甚嚣尘上的都市。这静谧，对于深夜仍为人民的事业而操劳的领导者们，对于精思妙想的科学家们，对于呕心沥血的文艺家们，对于伏案备课的教育家们，对于苦读深钻的青年学子们，对于各式各样辛苦了一天的劳动者们，是多么宜人，多么可贵！这是一种幽静之美。这种美，蕴藉含蓄，更加令人沉醉。

大概正因为这样，自然界和社会中常有力量来破坏它。无端风雨，遮天蔽月，使人不得不"听夜雨冷滴芭蕉，惊断红窗好梦"；兵荒马乱，无心赏月，"万事干戈里，空悲清夜徂""永夜角声悲自语，中天月色好谁看"；无谓的疲劳催人昏睡；难以排遣的忧思令人目眩。夜的静谧受到破坏，人们是痛苦的，由是而更加感到静谧可贵。

月的姿色是值得人爱的，月的品格更加值得人敬。太阳是辉煌灿烂、光芒四射的，它给人无限生机，月亮也许比不上它的威力和威风。据说，即使满月时的月光强度，也只有白天太阳光的四十万分之一。但月亮自有太阳不及之处。

它是那样落落大方，宵从海上来，晓向云间没，竭尽全力为人们做好事。挚友的想念，它可以代为寄送。游子的乡思，它可以代为传达。诗人的幻想，它帮助插上翅膀。它泛爱众生，无一点儿私心，无半点儿偏狭。它君临人间世，宛如一盏奇异的巨大的天灯，把清辉普洒。

李白曾在洞庭湖陪其族叔李晔泛舟，幻想乘南湖秋水上天一游，还打算"且就洞庭赊月色，将船买酒白云边"。其实，李白是多虑了：月色尽管享用，用不着花一个钱去买。

史书上记载有不少家贫苦学、借月光读书而成就事业的人。南齐考城有一个叫江泌的，夜晚随着月光读书。月光西斜的时候，他拿着书爬到房顶上去读。有时读困了，从房顶摔到地上，他就重新爬上去再读。此人后来成了名人。

月光就是有这个脾气，无论是琼楼玉宇，还是蓬牖茅椽；无论是山间平原，还是江河湖海。不管他达官贵人，抑或小民百姓，不管他古人，抑或今人，万代同辉映，千里共婵娟，都在同一个月亮的惠顾之下。它爱人间总是那样执着："玉户帘中卷不去，捣衣砧上拂还来。"无论是万姓仰望的时候，还是万籁俱寂的时辰，它都默无声息地卫护着人们，照遍各式各样的楼阁草房，泻进透光的柴门和雕花的窗棂，抚摩着安眠的人或有心事睡不着的人，无声无息，有始有终。

最使人感动的是，它做这一切的时候，一点也不顾及自己有无好处，也没有半点人过留名、雁过留声的念头。

人们知道，它自己并没有光，而是借了太阳的光。人们看见，它把人间万物的影子留在地上，而把自己的倩影藏在水中。

闪 念

"要下雨了！"有人喊叫。

正在游泳池中仰泳的我，忽然感到周围失了光彩，天暗了下来。

眼睛被引向天空。

云倏然变色：灰色，青乌，墨黑。变形：由稀而稠，由薄而厚，由轻巧而蛮浊。

天空一片怒海。汹涌，翻卷，左冲右突，腾跃飞窜，墨缸搅翻了，一海皆如墨染。

如带如须的云，满天撒开，轻捷而多变，柔婉却刚劲，舞着，跳着，翻着跟头，如万千飞天在恶浪周围戏耍。

突然，电光一闪，接着，"隆隆隆"，雷声滚过。

"我看见了龙！"我差不多要喊起来。

"龙就是云，龙形即云状。而龙的名字正好是从隆隆的雷声借过来的。"

我把灵感整理成准确的语言。

我为一种发现而强烈地激动。

古往今来，龙之谜一直吸引着人，困扰着人。因为谁都没见过龙，于是，寻找龙的原型化身，各逞想象，诸说蜂起。

恐龙说，龙卷风说，扬子鳄说，雷电说，外来物说，华夏图腾说，等等。最近又有人提出树神说，认为传说中的龙原是四季常青的松柏。

但我以为，都不如我今天的发现，龙即云也。

有人搜诸典籍把古人描述龙的特征归纳为五端：一与云相属，能升天。二与水相依，能潜渊。三生于深山大泽中。四从风能长吟。五不吃不睡不息常与风雨为伍。

其实，这五端用来描述云，岂不确当合适？

龙，分明是我们的先人想象的产物。而最能引发这种想象的触媒，再没有比这日日可见变幻万千的云更具引逗性的了。而这一想象能够为先人和后辈所接受，用云来作谜底，也是非常实际有力顺理成章的。

脚站在大地上的先人，所接受的第一个真理，也许是有水才有人的活命。但水从何来？几乎一望便知，云生雨，雨成水，水自天上来，云为水之母。故云为上天之神，也是人的生命主宰。

云何以变成了龙？先是先人对云无以名之，后来听见隆隆雷声，于是从此就称作龙了。

云或叫作龙创造了人，创造了我们这个民族，从此就把龙当作神，当作造物主，我们也就成了龙的传人了。

……

暴雨打在我的脸上，我出乎意料地愉快。我仍然仰泳着。

中国古人所说的神奇的龙，就是这样创造出来的。我轻松地再一次确认这判断。

我没有考据，这有点遗憾。但古人最初这样想的时候，也要有考据吗？许多真理就靠最初的直觉悟出来的。

我想。

我这一次发现龙就是云，云就是龙，就是这样。

我仍在仰泳，望着忙碌工作的龙们。

曲径通霄

泰山的登山路，算得上一大奇观了。

登上南天门，坐在门前的石阶上，回首来路的时候，我心中禁不住这样慨叹。

我沿东路上来，这是徒步登泰山的主路。在登山道上走了很远，我都没大注意脚下的路。我几乎忘了是在登山。

这很有点奇怪。

其实，只有登山的人才最强烈地意识到路。

在平坦畅达的大道上行走，是常常忘记路的。在曲折险峻的山道上攀登，一个心眼儿关注的就是路。此时此地，路是生命所系。

泰山的登山道，却让登山者不必格外去注意它。

它，不是让人转着圈子走的"弯弯绕"，也不是依巉岩凿成的羊肠小径。就山路相比而言，简直可以说是大道坦途。

清一色的长方石条铺成6331级台阶，临河谷处修着高可及胸的石墙或石条护栏。宽平修整，这就是泰山登山主道。

据我约略目测，它的窄处可容五至七人并肩，宽处则可一二十人同登。显然，这是旧时官家们封禅祭祀时显示威仪的需要。不仅舆轿夫役，而且侍从仪仗，都可并行而过。

当今，游人直上直下，你上我下，横挑扁担的挑山工与游客穿插混进，尽可以解除心理防卫，放心大步走去。我看见，即使夜间雾中，即使老人孩子，也可信步登山而无虞。

是的，信步。走在这样的路上，才会有看山如玩册页，游山如展手卷的悠然。才能左顾右盼，仰观俯察，如履平川，怡然自得。

我一见泰山，就认同于一种说法：泰山如端坐的巨人。登山路上，我生了一种奇妙的感觉：好似孩童见到亲人一般地在一个巨人身上猴上猴下。我心里戏称为"登岱如归"。归，在这里，是回家的意思。

从岱宗坊起步，先是沿巨人脚面而行，红门宫以上登其小股，壶天阁以上跨其大股，至中天门则如入巨人怀中。然后登十八盘，才是攀巨人之躯，上南天门等于搂住了巨人的脖子，游玉皇顶恰如摩巨人之顶。

我自己也有点惊疑：何以这样逸兴遄飞，情趣横生？

这，很可能产生于我对泰山的最初印象。

说实话，当我乘车过泰山侧或踟蹰于泰山脚下遥望远眺的时候，我一下子不能认同古人那种"高山仰止"的情怀。

汉武帝刘彻对泰山八声连叹："高矣！极矣！大矣！特矣！壮矣！赫矣！骇矣！惑矣！"这正好可以用"登峰造极"这句成语来概括他的意思。

明太祖朱元璋感慨万千一叠声称诵："岱山高兮，不知其几千万仞；根盘齐鲁兮，不知其几千万里；影照东海兮，巍然而柱天。"据朱天子看来，高峻得实在"无以复加"。

我理解，古人为了封禅祭祀的需要，作夸饰神化之辞，难免说过头话。这不必较真。由此而讥其只知天下有泰山不知山外还有山，也未免冬烘。但在我的先入之见中泰山确实算不得高峻，我一点也没有感到它对人有一种威压之势和凌人之气。这当然绝非小觑泰山，而是我与泰山之间的距离感，早就为一种亲近感所代替了。

在岱宗坊远望泰山极顶，有一状如宫阙的醒目黑点，朋友说那是南天门。这名称引起我对天神玉皇大帝宫阙的联想，我的想象力被引发到了极远极远。可那个黑点虽然极远，却是一个真实的目标。可望即可及，虽高但可攀。我这样想的时候，心中忽地一下长出了翅膀，飞到那上头去了。

事情往往就是这样，一旦有了目标，心理上的距离比空间的实际距离，就会大大缩短。有了奔头，对脚下路的长短，反而顾不上计较了。

当然，这也同最初一段登山道路有关。直到壶天阁，因其坦荡远远超出心理预期，我的心情十分放松。过壶天阁登回马岭一段，我才开始注意到道路变得陡了起来。上到十八盘，我的感觉方才不能被脚下的路和头顶上的路所左右，才对泰山重新品味起来。

还是在快活三里处，我见到一块刻石，上书"曲径通霄"四个大字。我心中忽有所动：此语甚妙，若与"曲径通幽"相对相合，可以悟彻文心。但转又窃笑：只是用在此处未必贴切。泰山的路够直的了！

上了十八盘，方知那是"过来人语"。

所有的大山几乎都是这样：远望，不过是起起伏伏的一堆堆岩石；一旦进去，必是千峰万壑，涵蕴无穷。其道路必是随山赋形，百回千转。上山是没有直路的。外观上平缓的泰山同样包孕着巍峨峻拔。不上十八盘，就无法体味泰山的陡峻。

我从地理学家的测算数字中知道，从泰山脚下的泰安市到泰山极顶共9000米，但泰安市仅海拔153米；而十八盘这一段不到1000米，垂直高度却有400米；泰山的陡峻由此可以想见。

但是，只有实地登攀才能亲身感受到抽象数字的具体分量。

登十八盘，初时也觉平常。我与同伴边走边议论古人游历此地的记述。大家嘲笑古人所谓"登天""扪天"等等刻石，

远乡和
近影

癸卯初
冯杰

未免陈言俗套过甚其辞。

可走着走着，就觉得有些异样。前身愈来愈往前倾，上肢似欲探地，拐杖忽觉长出了一截，双脚用力愈来愈往足尖上移，膝盖则愈抬愈高，石级也觉比下面的更厚，石质也比先前更坚硬了。总好像有风迎面吹来，又像有水浪冲下，行人好像在顶风逆水而进。游客们收敛了笑容，收去了闲言碎语，一心一意地躬身书写这难写的"攀登"二字。不时有人拄杖而叹：这十八盘，真的是直上直下吗？有人嘘着粗气答话：这升仙、上天，只怕不能叫你那么容易吧！大家交换一个短促的笑，又张着嘴拄杖勉力而上。想停步似乎也难以停下来。

这个"陡"字，让人领教了。只是，光知道这一点，那还不算知道十八盘。

十八盘之所以被称作十八盘，更多的倒因其"曲"。由于人们直觉上的陡峻感过于强烈，反而把它的十曲白折忽略了。

这路称作"盘"，确是费了一番脑筋的。这段路汉朝时称作环道，到唐朝时改称盘道。"环"与"盘"，都是环绕登山的意思，但还是"盘"字形神兼得，把盘旋而上的特点突出出来了。

这个"十八"，也有一番说道。这段路实际上是79盘，何以仅称"十八"呢？这里蕴含着中国人特有的表达方式。十八，在这里是极言其多的意思，如同所谓"女大十八变"并非确指，而是形容事物变化之多一样。《易·系辞》说"十有八变而成卦"，就是指无穷变化之义。总之，十八盘，即极言这段山路之"曲"也。

泰山人对此体会得最细。他们习惯地把这段路分作三大段落，俗称三个十八盘，有顺口溜唱道："紧十八，慢十八，不紧不慢又十八。"每个十八盘分别有三四百、七八百、四五百个台阶，共有1633个台阶，由低到高错错落落地沿山势地形排列起来，叠成不到千米的山路。其曲折不也是可以想见的吗？

既陡且曲，这正是十八盘的妙处。这里藏着泰山的"人"格图，这里写着泰山的文化史。

我颇服膺一种说法，泰山的山势如大海巨浪。从"一天门"到"中天门"是一浪；"中天门"到"南天门"又是一浪。山势累叠，一浪高过一浪，形成一种由抑到扬的鼓舞性节奏感。十八盘正好是泰山整体节奏的缩微，是文化和自然的契合。

三个十八盘形成的由慢到不紧不慢到紧的节奏，不仅是泰山山势由缓坡到斜坡再到陡坡的写意画，也是登山者由从容到振作再到拼搏的心理律动曲线图。

站在十八盘上，我对泰山登山道路的勘察设计者、建设者由衷地生出敬意。他们必是深谙天文地理和人文的自然科学家和心理学家。这是一个凝结着无数代人智慧和心血汗水的伟大工程。

几千年来，人们不停地在修这条路。我看见"一天门"前有光绪年间一通修路碑，记述那一次朝廷拨银六千两整修登山主道，仅这一次，每一个石阶就耗去一两银子。如果把历代修路的费用汇总起来，那一定是个十分惊人的数字。而如果把历代参加修路的工匠和技术人员统计出来，那一定如泰山上的松柏一样不可胜数。虽然他们埋名隐姓，但每个台阶上都密密麻麻地渗渍着他们的汗水血痕，甚至镌刻着他们的精魂。

泰山的魅力正在这里。

人们百里千里甚至漂洋过海而来登泰山，正是冲着陡峻而又险曲的十八盘而来的，为的就是寻找这份鼓舞人心的体验，为的就是在精神上到达一个心中向往的境界。愈上愈陡，愈陡愈奋，愈奋愈悟。

"南天门"前，我回首来路，看见一架望不到尽头的天梯就挂在我的脚下，我真切地感到我是沿"天梯"上来的。当此时也，一种腾飞感从肋下生出，我忽地忆起庐山大汉阳峰上的一副对联：

足下起祥云　到此者应带几分仙气
眼前无俗障　坐定后宜生一点禅心

我到达了一种未曾体验过的境界。

这该是一种何等奇妙而又宏富的意象啊！

走在"天街"上，大团大团的云雾弥漫在我周围，峰峦和"天梯"都隐没在迷蒙之中，我好像走进了虚无。

至孔子崖，站在传说中的孔子和颜渊对话的地方，我也像孔子那样向古代的吴国方向望去，虽然没有看到一匹白色骏马在狂奔，但在恍惚中感到了一种悠远的神秘。

来到日观峰，逼迫我想起此岸与彼岸，海内与海外的界限问题，古人那副"地到无边天作界，山登绝顶我为峰"的对联，这时忽然令我惊心动魄。

我当时确认，目前的境界就是置身霄汉。古人解释：霄，就是云，就是太阳周围的气，就是天空。我不久前还在大地上，此时却在乱云中。这不是霄壤相通了吗？

离开泰山，泰山常在梦中。一想起泰山，就有一条自下而上的天梯凸现在我心中。

它，悬挂在天边，飘忽，邈远，千曲百折如正在腾跃飞升的巨龙。

它，又矗立在眼前，真切，清晰，可以看见每一条阶石上的凿痕和汗渍，像普通的山路一样实实在在。

这时候，我常会想起那通刻石：曲径通霄。我禁不住暗暗点头，并且有激情在心中涌动。

相见恨晚

这种感触，在我游览张家界时一直缠绕着我。

本来应当见美景而喜悦，却为何生出一个恨字？

只怕是因为太美而太过喜悦了吧？

要用文字说出张家界的美不是一件太难的事，因为无论从哪个角度，无论怎样的说法，它都是美的。难的是避免重复。

这重复不是因为张家界已经被游客写尽，而是因为它集纳了过多的早负盛名的胜景之特色，而描写这些名胜的文字已经汗牛充栋了。

比如说它的山吧。号称"峰三千"，又称"二千八百柱"，此处山的形象特点被说中了：拔地而起，星罗棋布，千姿百态。特别是那个"柱"字，只要呼出一串山峰的命名，就可以约略想见其形状：南天柱、金鞭岩、五指峰、玉瓶峰、海螺峰、双塔峰、定海神针、九重仙阁、天桥遗墩、天书宝匣、五女拜寿……遥望这些巍然独立的翠峦秀峰，我疑惑了：这不是"甲天下"的桂林之山峰吗？

可它不是桂林，分明不是。它的山又是连绵起伏，重重叠叠的，山山相依相连，峰峰比肩而立，高低参差，错错落落，狭谷深长，峰峦围成寨栅，古战场的营盘一般。比如有名的黄狮寨、腰子寨，群峰组接成磅礴壮观的风景区，游览至此，又恍若来到黄山、匡庐。

再如它的水。山有多高水有多高，名山常有流泉飞瀑，这并不算稀罕。但像张家界三千峰峦之间竟有八百条清溪碧泉相衬相映，险山峻峰中蕴含如此柔媚恬淡，何曾见过？

我沿金鞭溪进山，只见许多条看得见的溪水和无数条看不见的山泉汇流而来。溪流千回百转，蜿蜒曲折，游人时而顺流向前，时而跨涧而过，时而低首啜饮甘泉。神清气爽，游兴愈浓。又见两边峰峦千迭如龙如鹰，中间清流碧水如筝如磬，红岩和绿树互衬，水声与人语鸟鸣相和，游人如何能禁得住仰观浩叹，俯察感喟？更兼云烟变幻之中，绿树花果之间，忽有群猴出没，翠鸟起落，这就整个地让人看得呆了，游得醉了。

我真佩服电视连续剧《西游记》制作者们的眼光，他们在这里取了千山万水的大量外景。这里实在是自然天生的取经途路之胜景展览，幻想的神话与真切的现实在这里几乎消泯了界限。

未到张家界时，我就听人说它具有得天独厚的风景素质，

無盡藏

惟山水方好人間無
素藏也 庚子春 溏傑

有一个很完美的山水骨架，它不是局部美，而是整体美，它是一幅山、水、林、禽、兽同生共荣浑为一体的天然图画。来此一游，我服膺了这说法。它说的是实情而不是做广告。

当今人好讲全方位、多侧面、立体化，作为一个风景区，张家界这一些都当得起，可以说占全了。的确，张家界整个是一幅立体图画，是一个巨型景点。如同一篇佳作无法圈点也无需圈点，张家界也几乎不需要再标出某某景点。一路走来，处处悦目，处处赏心，处处销魂。这就是张家界！

最难得的是"兼美"。张家界不知是请了哪路神仙大士移景借形，把天下奇观都荟萃于此了。如果再扩而大之，游罢了张家界又游猛洞河，那就不啻重温荡舟漓江的梦幻。再游不远的索溪峪和天子山，那就大体上等于饱尝了南中国的模山范水了。

难怪国人说张家界"纳黄山桂林之美，融匡庐南岳之秀"。

难怪外国旅行家说张家界是"天下奇观"，"世界第一流风景区"！

同时，也就难怪我游了张家界感到相见恨晚了。

我发现，许多人和我有着相同或相似的感触。

著名画家黄永玉在为张家界所作的画上写下这样一段跋语，以抒胸中不平："吾乡不名之山曰张家界，未见诸经志名篇。古人之陋于行者于此可见。贤者游斯山无不叹山之奇绝诡秘。有何言哉！吾乡子弟亦与是山际遇同耳。"

老革命家王首道一生戎马关山，阅历极广，可他在黄狮寨勒石题下这样的诗句：

征途万里不曾见
天降奇峰到故园

他们两位的话，有一点意思是相同的：都感叹于张家界的美景没有及早被发现。

确实，我们也发现得太晚了！

张家界之美为世人所知，不过是最近十多年的事。这样的风景地却绝难寻到古人题咏以及近人所作的文与画。当然，可以说这是一方难得的未染红尘的人间仙境。但确实禁不住人们抱怨古人之"陋于行"，今人之"少于识"，才使它成为"失落"在深山的一颗明珠，"养在深闺人未识"的"绝代佳丽"！

不过，又去抱怨谁呢？

地域偏僻，交通闭塞，关山阻隔，人迹罕至，无从发现，只好说是天意了。

但是，人类是不是常常会犯"有眼不识泰山"的"错误"呢？就是说，即使有人到过、见过并且活动过，也不一定就能发现它是天下奇观。

远的不说，只说20世纪以来，仅黄狮寨就为土匪盘踞达六十载。贺龙、萧克领导的湘鄂西根据地也曾活动于此，红二、六军团就是经过张家界走上长征路的。1958年这里建立了国营林场，1971年又从大庸县来了一批知识青年。但是大家似都"不识庐山真面目"，未曾感到它的奇与美，甚至连美的信息也没有带出去。张家界仍不为世人所知。

可见，在生存线上挣扎的人们，对自然界的美景是漠然的。在血与火的拼搏中，也不会对超凡脱俗的仙境感兴趣。而未曾体味到城市的喧嚣与严重污染的人们，也难以懂得青山绿水的无上价值。

也许，张家界的发现是命定地要在二十世纪八十年代。

不仅是因为铁路的修通、公路的修通、和平的环境、闲暇时间的增多，更在于现代人的心灵目光与大自然的重新接通。

生活在仙境，是人类亘古以来的理想。到风景区旅游，则是这种理想追求的现代版。人们从千里、万里、陆上、海上、空中而来张家界，如此偏僻之地，每年接待数十万以上海内外游客，为的什么？就是为的一过仙境或一睹仙颜。

中国古人太伟大了，他们造的这个仙字是人与山的结合。正与现代人的意识暗合。张家界声名鹊起，既是张家界自身魅力使然，也是现代人精神张扬的结果。

在我游览回来的路上，我发现"相见恨晚"已不是我一己的感觉，而是人类共通的感觉了。

我想起伯乐相马的故事。中国古人慨叹：千里马常有，而伯乐不常有。这话也可借来说明人对自然美景的发现。

当人类以关心自然的眼光来审视自然的时候，就会发现：许多被自然界"珍藏"着的美景，原是人类视而不见的。发现自然之美与人的觉醒紧密相连。魏晋时代就曾经发生过文学的自觉、山水美的癖好与人的自我意识觉醒共生的情况。说到底，还是人对自身的关心。

为此，我们不仅要呼唤马伯乐、人才伯乐，也要呼唤美景伯乐或曰美伯乐。世上不知有多少"张家界"正等待伯乐们去发现呢。

走近壶口

你不能不游黄河。

游黄河你不能不去壶口。

是的，要看黄河水的气势，不能不去壶口。

我们从郑州西上，从三门峡过黄河，翻中条山到山西运城，然后去吉县奔壶口。

不来看看，是无法想象的。

这黄河的性格，真是随和至极了。依势造型，随物婉转，自然流淌，就是它的基本姿态。

李白说，黄河之水天上来，奔流到海不复回。这话不错。但是，这个奔流到海，却不是直下一万里，一泻东入海，而是迂回曲折。其间，何止九曲十八弯！简直不知其多少个百转千回。

在山西省运城，我们看见，一向东流的黄河，经川、甘、宁，在内蒙古的托克托县河口镇受吕梁山脉阻挡，不向东流，却掉头向南，进入晋陕峡谷，这一段黄河由北向南流了。这一段流程差不多有一千公里。按黄河河务的行话，它被称作大北干流、小北干流。

壶口就在这一段南北流向的黄河上。

从运城去吉县，尤其从吉县县城到壶口的路上，车在蜿蜒崎岖的山峦上蛇行，正是俯瞰黄河的好时候。

高度在千米上下，只见晋陕峡谷中的黄河细如内陆小河，水流既静且缓，水如黄铜炼乳一般，风平无浪，一点不见奔腾之势。老子说：水是至柔之物。这一段的黄河水，恍如一条不规整的曲曲弯弯的柔软带子。

壶口瀑布也在这一段，能会"瀑"成什么样子？

壶口上下六十余公里已被开发为风景旅游区。从管理处大门到壶口瀑布还有三公里。我们从风景管理处乘车沿河床的右岸向壶口瀑布进发。

河水藏在深深的河床里，坐在车上看不见河水在河床里流。我们的眼睛只是朝瀑布的方向望去，都想尽快一睹究竟。

只见远处有一堆白烟从河里冒出。再近一点，又见白烟上有连接河两岸的空中铁揽，上有红男绿女在作走钢丝杂技表演。同时，忽觉有十分沉闷的声音响起，似许多健骑隐隐从地下奔来，远远地，徐徐地，神秘地。

快看到瀑布了。

欢腾欢呼的人声从大河中间响起来，大概是围观瀑布的人们发出来的。

我们一行急急下车。急急走过长长的水泥引桥，越来越走近动地的奔雷中。

好一方"恶"水！

无论声音，貌象，氛围，都不是刚刚在高处远处看到的情景了。实在只好借用这一个"恶"字，而且特取方言应用时诸多丰富含义中的那种超常的力度形成的气势。

我这样想。

首先是这声音。是的，这是咆哮的声音，是奔雷动地的声音，是群兽狂吼的声音。

这声音是如何发出的？

从地理学上讲，这很正常。滔滔黄河，由上游而来，到了吉县龙王山处，河面由三百米忽然收束为五十余米，"敛水成束"，又倾泻在高差三十多米的石槽中，于是形成了巨大的瀑布。当然就挤压摩擦撞击出巨大的轰鸣声。

不光这一派"恶"声，还有那一派"恶"相！

通常平缓的黄河水，在这里激动起来，暴怒起来了。

我真切地看见了黄河的怒颜。

渴马临泉。这是百千万匹焦渴的战马一起奔到了水边。狂奔而来的黄河，如无数怪兽，角逐争食，不可开交，在危急中拼命夺路争抢。临近壶口跌落时，又好似心中积聚了几千年的愤怒的一次总爆发。它们把头颅，把全身，冲向同伴，撞向铁一样的石槽和石壁，引起狂涛飞溅，四射，翻卷，旋转，升腾，忽如万花怒放，又如水国爆炸，还令人想起怒发冲冠，它简直就是这些成语的形象图画。

咆哮的内在原因是这暴怒。因为这暴怒，温柔至极的水变成了另外一副模样：它整个地"疯"了！

是的，疯了。

它飞升，狂泻，以至水溅四周而成浓雾，浓雾挟带着疾风。人在几米以内，口张不得。一张则有风和雾把口塞得满满的，让人喊叫不得，哭笑不得，不免猝然而惧。如再走近，更觉有挟着疾风的雨矢，密集喷射而来，一不防则头脸胸背皆湿，不少人于狼狈中顿足大笑。

我们到时，正值夕阳灿烂，雾气折射成七彩虹桥。然后，好像沿着这彩桥，瀑布下跌入河床。由于流速甚急，跌落时的黄水成了白色泡沫，我在这里读懂了郦道元那句"素气云浮"的话。由于水流交冲，河水变成了白色水汽，像云一样笼罩在壶口上面，然后呼啸翻滚，沿石槽奔泻而下。

看惯了"黄"水的我，忽然在心中生出一种意象：黄河母亲，你竟有着这样丰沛的白色乳汁！

可是，这意象很快被另一个意象所代替：这"疯"了的黄河水，由至柔之物变为极锐之器了。

郦道元在《水经注》中引用过一句古人的话："水非石凿，而能入石。"信哉斯言，在这里可以清楚地看见水能穿石的动人景象。作家杨朔幽默地写过，海水长出牙来把海岸的石头咬成奇形怪状。黄河水是怎样一种无坚不摧的强力啊！

不来亲见实在无法相信，由一无量巨石而成的黄河河床上，被流水凿成各式各样的洞槽石窝。

壶口的口部被涡流冲击而成许多石洞，最大者直径二三米，深达六七米。

壶口下边的河床，是流水硬在山川巨石上冲凿而出的千余米石槽，俗称龙壕。

在河两岸的石滩上，瀑布水流打磨制造出无数"石窝宝镜"，可称石窝博览会。圆窝大大小小，形状各异，浅者尺余，深者数尺，小如碗口，大如瓮缸，有的已经洞穿，多数经常满储清水，山川景色映照其中，游人驻足，可以作镜照影。

龙壕两边崖岸的石壁上更多此种景致。石窝由流水盘旋琢磨而成，窝壁光滑无比，抚之如碧玉钢精，线条却柔软如泥陶。看见这种刚与柔的奇妙结合，禁不住要感叹：天工胜人工远甚！

我所疑问的是，这黄河水看上去那样平静舒缓，何以竟有这样大的力量？当我们一行在千米龙壕中乘橡皮筏漂流时，才略知一二底蕴。

漂流水上，更清楚地看到，平缓的水面上，有一圈又一圈旋转着的涡流在不声不响地涌动，好像钻探机的钻头一样在忙碌。我想到，在海上，我们常常看到那种力量巨大的涌，这里大概也是那种类似的涌了。所不同的是，海底空间广阔，水流回旋余地大，这里逼仄的地形，自然使水的凝聚力更大。

橡皮筏逆流而上，接近壶口，感觉有风雨迎面推拒，不能近前。但见瀑布从壶口垂直跌落下来，其往下的冲击力和往四周的反射力实在威猛异常。在岸上看河床很浅，一问深达30余米。这垂直的水流转成无数陀螺式的涡流，形成一种旋转性的穿透力。我又一次想起那种钻头，就是这样旋转，久而久之，石板石壁旋成石窝。

壶口的故事，就是这样一个交织着至柔与至刚、温文与狂暴的话本。

还有一个问题，我没来以前就在琢磨：它是这样一个险峻的要冲，却何以有这样一个轻俏的名字：壶口。

洪流激湍，奔雷动地，惊涛裂岸，雨雾横生，古人却描述为：其形如茶壶注水，故名曰壶口。又有诗句曰"黄流滚滚入壶中"。这该是一个何等美妙又奇特的景象！这可能源于中国道家一个"壶里乾坤"的意识。不论如何，中国文化真是善于举重若轻，化大作小，宇宙大观不过如一生活小景。这样一个大观,不过如一个茶壶嘴!

真妙:黄河以至宇宙这个大块不过在我掌心之中而已。中国古人的心胸眼界真是大得可以。

更其妙者,还有化入百姓生活中的传说,也是如此。

壶口地处晋陕峡谷一最窄处,当地又叫斧劈峡。这里隐含着一个有点开天辟地意味的壮烈故事。

相传大禹治水,用了九年时间,疏通999条河道,留下中游一段,怎么也治不顺。大禹来到壶口山,发现有大山横挡去路,就和百姓挖山。但白天挖一尺,晚上长一丈,怎么也挖不通。后来大禹看出是一孽龙作怪,这座山正是其尾巴。大禹便借来二郎神的神斧,对准山腰猛劈,将龙尾斩为两截。从此,洪水顺流而下。这段河槽,久之成千米峡谷。人们把壶口的形成归功于大禹。

也有另一种传说。故事却奇妙得多了。

每当冬季,黄河上游有大块冰凌泻来壶口,冲击交错而成冰桥,成为沿壶口两岸人的通道。然而头一次贸然通过的人,却有掉进冰缝的危险。是谁第一个发现这个冰上通道的呢?

原来两岸一对男女相爱,夏天可借打鱼之机,摇船相会。但冬季无法见面。忽一日,有一白发老翁主动来引路。小伙子不怕陷冰落水,毅然跟随老翁,左避右拐,疾行如飞,走过冰峰,顺利到达彼岸,情人亲密相会。当他们想起要感谢老翁时，老翁已不知去向。人们说这是神灵作合，也说这是狐仙引路。实际上，是人们循兽迹而行发现了冰上通道。

这个故事为险恶的壶口涂上了一层撩人的温馨。它与大禹斩龙劈峡的故事，适成对比，也算得一"武"一"文"，一"神"一"人"，可以说传尽了壶口的神韵。

这不也正是黄河的神韵吗?

眼　睛

从杭州开会回来，我坐在列车上，脑海里叠印出一幅幅美景，写作的欲望激动着我。但是，太多的观感又使我苦于一时无处下笔。

我对面座位上有一位姑娘，看上去，她顶多十六七岁，一望之下，就给人一个自然、素雅、恬静的感觉。特别是，她有一双异常动人的眼睛：两点黑漆似的大而明亮的眸子，如清泉静湖一般，沉静而又含蓄，既能解语又会说话似的。

这是一双叫人一见难忘的眼睛。我总觉得这双眼睛在哪儿见过似的：是某个小说中的人物的眼睛，还是某个电影明星的眼睛，抑或是某个亲人朋友的眼睛？

终于，我想起来了。原来是同任何一个人都不相干，却又极相似的一个：那是杭州的西湖。

西湖之于杭州，正像这位美丽姑娘的一双迷人的眼睛。这就是我这次游历西湖所产生的最新鲜、最生动的感受。

我是第一次到杭州。早就看到古书上说，杭州是"占尽东南美"的"东南名郡""东南形胜""东南第一州"。外国人惊叹她是"世界上最美丽华贵的天城"，中国人夸耀她是地上的天堂。诗人描写她是"山色湖光步步随""处处回头尽堪恋"。杭州人龚自珍自豪地声称"踏遍中华窥雨戒，无双毕竟是家山"。陆游甚至说"冷泉亭中一尊酒，一日可敌千年寿"。真可谓人间胜景之极致。不用说，到杭州，是我久已心向往之的美事了。但人间事常有美中不足，一到杭州，我就发现：来得不是时候。我是元宵节过后的一天到杭州的，正是冬装尚未脱尽、春色还未染上柳梢的时节。

有幸的是，此行虽不得天时，却得地利。我们下榻的宾馆，在栖霞岭下，恰好紧邻岳飞庙，面对西子湖。这使我有机会朝朝暮暮，雨中晴日，同西子湖厮守在一起，徘徊其侧，徜徉其中，察言观色，互通声气。

到杭州的头一晚，我就沿西湖周边，进行长时间的散步。夜色笼罩下的西湖，像一个情窦未开的少女，蒙着水汽薄雾织成的面纱，正在沉睡之中。沿湖楼台明明灭灭，山峦似有若无。唯见灯光闪烁，很像少女头上的金钗银钿、玉翠珍珠。灯光的倒影，或如一嘟噜一嘟噜的白色绣球花；或如一串一串的红色宫灯；或如金柳银杨，在湖中摇曳不定，由大渐小，由明渐暗，以至杳然不知去向。偶有汽车驰过，但见两柱灯在不停移动，好似要往湖底达龙宫。夜深了，行人极少，车辆绝迹，夜霭四布，只见微微的波光一闪一闪，极像西子睡梦中一呼一吸，或者是她天真甜美的浅浅一笑。夜晚的西湖啊，你真是杭州的一双神秘的眼睛。望着这一片神奇的景象，真不知湖在地上，或在天上，亦不知看见的是杭州的西湖，还是西子的眼睛。

夜幕笼罩下的西湖，终究不算她的真面目，白天总能看清了吧。可是，天公好像有嫉妒心似的，生怕人们开了眼界。尽管杭州是"处处山山水水明秀"，它偏要搞得"时时晴晴雨雨好奇"。自从来到杭州，"十日九风雨"。每日清晨，星星点点洒了一夜的雨丝，还在像细尘一样漫天飘着，使人看到的总是西湖云掩西山雨。从阳台望去，西湖与周围群山之上，团团簇簇的浮云如烟如雾，西子的面纱不仅没有取下来，反而重重叠叠，把面目罩得更严了。极目望去，也只能看到她一双模糊迷离的泪眼。这时，常会听到有人议论：苏东坡的诗句"水光潋滟晴方好"，这"晴方好"三字，算是体会得真切。不到此地此时，是不真懂的。也有人闹情绪地抱怨：这所谓"山色空蒙雨亦奇"，大概就奇在使人一睹西子仙姿的好奇心得不到满足吧。

人们多么盼望看见西子那明亮的目光啊。但是，等一个晴天真难。有一天，会议开得正紧张的时候，会议室里忽然一亮，大家都朝窗外望去，原来太阳出来了。大家一窝蜂拥上了阳台。真的，阳光下，才看见西湖的真实面目。明净、明丽、明媚，这些词汇都用上，也显得不够了。西子湖真像睡醒了的少女，梳洗打扮一番，容光焕发，鲜艳，雅洁，明眸善睐，转眄流精，她内在的美溢出来了。及至大家荡舟湖中，好像处于巨幅画图之中，又像置身在澄澄大圆镜里，仰望湖畔，山峰、宝塔、寺庙、巨树……都在镜中留下倩影。放眼四顾，一碧百顷的湖面，如花似玉；微波吹起，像美目中千层银波荡漾，又像万片浪花将绽。天色与湖光相接，湖光与天色相溶，其上天如水，其下水似天。西湖，把整个杭州都包容进去了，把天空和宇宙都包容进去了。此景此情，游人如醉如痴，不知在天堂还是在人间。只当我用手撩了撩湖水，感到像触摸到了寒玉一样，清凉透腑，这才清醒过来。

这时，我想起一位诗人透露出来的秘密："日日是晴风，西湖景易穷。"景能穷尽吗？我不知道。不过，风和日丽，一睹西湖风姿，我才从心眼里说：百闻不如一见。我忽然想模仿苏东坡的诗句写下心中的感受：我把杭州比西子，一双明眸是西湖。

这一切使我想起一位哲学家说的，灵魂集中在眼睛里。人们通过西湖，看见了杭州的灵秀；杭州，通过西湖接纳了天下人的爱恋。杭州即使只为有了西湖这一双眼睛，也就可以称美于国中，媲美于天下了。

曾经为发现和创造杭州尤其西湖的美作出过贡献的白居易，对西湖有特殊的眷恋之情，他写道："未能抛得杭州去，一半勾留是此湖""处处回头尽堪恋，就中难别是湖边"。我的杭州之行，给我永留记忆的，也是西湖，正像那位姑娘的一双美目一样。

忆江南

我总觉得，三年前的那一次新安江、富春江之行，有什么东西失落在那里了，抑或，那里有什么东西迷失到我心里了。

这是一段梦幻：一段缠绕着我的真实的梦幻，一段可感可触的绿色的梦幻，一段不能忘怀的关于水的梦幻。

还在旅行开始的时候，这种感觉就产生了。

在建德县白沙渡口码头上，一片调皮的雾先逗了我。

刚至江边，就见它在船头前浮着，前后左右无所依傍的一团，稳稳地凝在江面上，白色的，极似缠绵的，散淡的云。

这是不是降落人间的云？我问自己。

如轻烟，但却洁净；若白练哈达，却更通透；做戏般拨乱于游人们的眼前。好像笑着，闹着，喊着：

看我美不美？妖不妖？不看也得看！

"好轻盈的雾呀！"有人喊出声来，"索性不看水，不看山，就看它也罢。"

但当我们在船上坐定，定睛细看时，只有丝丝缕缕，清烟似的一点痕迹，慢慢地，散入江面，或者化入天空去了。

可惜了，这雾就闹这么一霎。

它大概就是来欢迎引路的吧：这大风景中的一道屏。这美女的面纱。

游艇启航，日出雾散，屏风撤去，面纱揭了。豁然一亮，新安江的面容，两岸的山姿，呈现在游人眼前了。

我当时和现在都分不大清：究竟这一幕是梦幻还是真景？

从西子湖畔驱车来建德的路上，我心里有一阵嘀咕：还不如在这"人间天堂"多待些时日，天下还能有比这更美的地方？

一到新安江、富春江上，一见千岛湖，我便知道我的浅薄了。

我只能说，我进入了一个恬静圆满的梦中。

在千岛湖上，我感觉到梦幻世界的真实存在。

千岛湖，它就是创造出来的梦幻。

为了建设新安江水电站，上游形成了五六百平方公里的大水库，数十万亩土地成为湖泊，两个县城成为水下宫殿，数以千计的山峰成为岛屿，并且因此得名千岛湖。

本来为了创造世界的光明——建立水电站而作出的必要牺牲，却创造了一片胜境。

西湖是杭州人的梦，而千岛湖水量相当于三千多个西湖。

有人说西湖如海，这里就是三千大海。西湖中有岛三个，此处有岛千余。

这里装着造物主的梦。

在这里，不要寻洁觅净，不要寻找神话，整个地就是。

为什么会不呢？

虽然游人如云，但仍似阒无人迹，静谧如天之初始，如地之远古。

虽然船游半日，却只游了几片水，几个岛。山外有山，岛外有岛，湖外有湖，水外有水。

在淡云薄雾的笼罩之下，于万千镜面之上，四周峰峦如螺如髻如盔如蓬，水上水下，地上地下，两个一样样的景致，对应而生；天上的神话与湖下的遐想，共同成为激发游人想象的精灵。

这是一个永远想不清楚的圆形的梦。没有尽头。走进去就不愿走出来，好像睡着以后就不愿醒来。

这是一个来过一次就留下魂灵在这里的地方。

当然，新安江、富春江一带又岂止一个千岛湖有如此魅力？它是一幅丈量不过来的风景长卷。

生活在外地的人常需驱车百里千里去观览某某风景点。来到这里，不需要了。这里是风景"线"，风景"面"，风景"体"。眼睛所及之处，尽是画山绣水。难怪旅游家把这"两

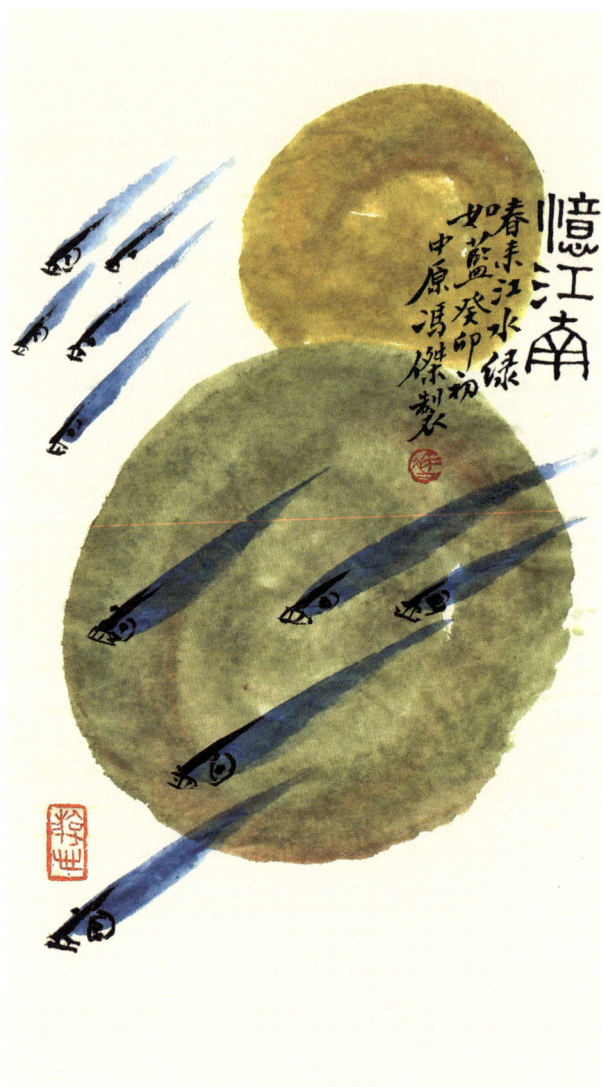

憶江南

春來江水綠
如藍癸卯初
中原馮傑製

江一湖"称为"黄金旅游带",的确是。

舟行新安江七里泷上,会使人想起长江的大小三峡,想起湘西的猛洞河,但又不与它们重复。那里不像这里,古城连着塔寺,胜迹藏于青山。

来到这里,我才真正领略了青山绿水的韵味。

同是山水,确有不同说处。有穷山恶水,有平山淡水,有秃山枯水,但这里却是青山绿水!

我曾经见过别的地方的山水,那是一种苍老的山水,好像老人一样,懒得动了,到处是裸露的粗陋,上了年纪的浑浊。它让人发思古之幽情,想起沧海桑田的故事,生一种苍凉和伤感。这里的山水是年轻气盛的,生机勃勃的,是经过艺术家安排过的、打扮过的世界。它是年轻的山、年轻的水。它激发人的青春活力。

它是让人看不够的。尽管它不妖娆,也不挑逗,却是让人眼睛越看越亮,精神越看越旺。

这是一种什么样的水啊!

我在千岛湖就慨叹:这是真正的水,是没有污染的水,是养育青山的乳,是映照青山的镜。

这又是一种什么样的山啊!

飞舟新安江、富春江上,我进一步体味到,江两岸何以山这样青,也进一步明白了,山之间的江水何以这样绿。它们是互为因果的啊!

"山水寻吴越",历代大家文人不远千里万里而来,而且总要献出华章佳作,只怕也是这山水"作祟"了吧,尤其这水。

中国山水诗之鼻祖谢灵运来此留下五言古诗,其中有"石浅水潺潺"一句,十分朴素,却得后代诗人千呼万应,遂成千古名句。沈约"愿以潺潺水,沾君缨上尘",孟浩然"挥手弄潺潺,从兹洗尘虑",杜牧更唱"无处不潺潺"。

这里的水容纳了多少说不出的自然风韵,寄托了多少丰富的人生内容!

在子胥渡口,我极想为那位侠肝义胆的艄公祭奠一杯水酒。我忽然想通了一个问题。吴越所以古来多慷慨悲歌之士,近来多大家巨子,实在是天地之灵秀钟于此地,得此灵山秀水;地灵而出人杰,养育超拔俊逸之才。是的,这样的人间天堂是容不得丑恶玷污的,为这样的人间天堂而效命勠力自然心甘情愿,即使肝脑涂地长眠在这青山绿水之间也是福祉。

在严子陵钓台,我又顿开了另一茅塞:何以此地古来多高蹈隐逸?

实在的,置身这样的山水之中,就会感到,一种纯净的氛围,在身心内外弥漫着,浸润着,渗透着,陶冶着,洗涤着。接着,就会自然生出一种超越的情绪,由感觉极为敏锐,脑力异常活跃,到心中空洞一片,空阔一片,作脱尘腾飞之想。一刹那，似与天地相接，与自然相融，与古人相会。当此时也，自己已不是自己了。

我相信不少人本来与世浮沉，但到了这里，忽下子清醒起来，发现了生命的最好归宿：以清风明月为伴侣，与白云烟霞相吸纳，或渔或樵，或耕或读，无慕名利，无多忧虑，岂不是更惬意的人生？

依现代眼光看来，这是人类最早回归自然之路的尝试者、实践者，是人类自然生态意识的觉悟者，是人类生命意识的觉醒者。

古人称此等人为"高"为"逸"，实在具有脱俗和超前的眼光。范仲淹为严子陵祠堂所写的"记"中说："云山苍苍，江水泱泱；先生之风，山高水长。"这也许说出了千古文人之心声。

我还明白了艺术史上的一个现象：何以历代画家们在这些山水面前有了那么多伟大创造？

据说，米芾晚年借居招隐寺师法南山烟雨，而创"米家山水"画派。舟行新安、富春二江，看两岸青山绿树，不用说阴晨雨夕，即使晴日晨昏，雾霭云霞变幻之中，青绿尽如迷离水墨，成片成行，点点滴滴，宛如米家手笔。分明是南国山水启迪了米家画派，米家画家得其神韵才创造了南国烟雨之画幅。当然，可以推论：南山烟雨又岂止恩赐给了米家？

我还想起了古今的两幅山水长卷。

元代画家黄公望以在富阳隐居，花了数年时间，画了一幅七米长三十多厘米高的《富春山居图》，以洗练、流畅的笔法，取远浦近丘、荒村疏林之景，穿插矶头峰峦以及山间江畔之亭台、小桥、渔舟、飞泉，成为巨制逸品。

无独有偶。现代著名画家叶浅予赠给故乡人民一幅长达32米的长卷《富春山居新图》，运用以大观小、以近观远、以体观面、以时观空的传统画法，打破时间和空间的限制；借树、借山、借雨、借雪，来分隔春夏秋冬的画面，从杭州六和塔、富阳、桐庐，一直画到建德梅城，揽富春山水于一卷，集四季胜景于一幅，成为画苑瑰宝。

从杭州经富阳来建德的路上，我就感觉在翻阅一幅长长的画卷；及至驰舟新安江、富春江上，我忘记是在看画而完全融入画图中了。

离开斯景，钟嵘的两句话屡屡在我脑际浮现："凡斯种种，感荡心灵，非陈诗何以展其义？非长歌何以骋其情？"

每忆斯景，我常有不知是悟了还是迷了的困惑。

我禁不住浩叹：大自然，你是真正的艺术家，你创造了那么多的杰作！

啊，七里泷，千岛湖，严子陵钓台，伍子胥渡口，何时再得重逢？

角 度

今天晚上，我又偶然翻到苏东坡的《题西林壁》。那"不识庐山真面目，只缘身在此山中"的名句，早已记得烂熟，在讲话和文章中不知道引用过多少次了，没有在意。目光久久地停在前两句，"横看成岭侧成峰，远近高低各不同"，这诗句令我脑海里浮现出前不久在昆明"录"下的西山的一幅幅景象。

到昆明的第二天，接待单位就组织我们去游览西山。车到聂耳墓前停下。大家步行先上三清阁，跳"龙门"，登达天阁，回路游太华寺、华庭寺。山色湖光，胜迹佳景，悦目赏心，美不胜收。

归途车中，许多初来春城的游客连声赞叹西山真美。正当此时，云南大学的一位老师说了一句："诸位回头再看看，西山原是睡美人嘛！"

"真的！"

"像！"

"啊！"

像善于启发学生的教师一样，这一提示点破了许多游客的潜在的意识、朦胧的印象，车内的人，一边回首望着西山，一边叫喊起来。

我也转过头来，细细地打量着西山的轮廓："是有点像！"我心里想着，但觉得只是"有点"。

可我这个人本就有点山水癖，经过这位老师的提示，更使我有点着了魔似的，脑子里一直撂不开"像"与"不像"的问题。在昆明逗留的日子里，一有机会，我都要向西山望上几眼。

昆明的清晨，常常有薄雾，黄昏常常有晚霞。这两个时辰看西山，特别有一种朦朦胧胧的引逗人的意境。我住在龙翔街一家招待所的二楼上，凭窗远眺西山，成了我每日两次的功课。看来看去，愈来愈觉得西山像一位富有魅力的女性形象。

她仰卧在滇池之畔，云蒸霞蔚，如画如雕，水汽氤氲，如麝如兰。影影绰绰的面部，明明暗暗的颈项，耸起的乳峰，起起伏伏的下身……

但看来看去，也有一点遗憾：不知是不是由于造化的疏忽，那胸部和腹部有一两处隆起的山包，尽管约略看去，那形象的整体美并没有破坏，但总像一幅出色的画卷中偶有一二败笔或由于收藏家的不慎留下一二疵点，使观者在欣赏沉吟之余，心中有些不十分满足。

这一点遗憾，有一次几乎破坏了我欣赏西山时常有的愉快情绪，和我对西山的美好印象。

那是去石林游览归来，车子快近昆明的时候，不知是谁又喊了一声："看，睡美人在迎接我们！"我不由得又抬眼打量起来。啊！太煞风景了！这哪里还像个美人啊！此时，我们的车子前进的路线同西山的走向正成一个锐角，西山好像从车子的左侧缓缓向我们身后移动。西山的形象同在龙翔街看到的是大不一样了。最突出的是，那美人下颏下面属于颈项的部分，竟分明是一个山口，那腹部隆起的山包更加显眼了。只此二端，就把睡美人的仙姿破坏了。她的美不知一下子跑到什么地方去了，令人遗憾的地方突出出来了，剩下的只是一个睡态。

的确，一个仰卧的孕妇怎么好说美呢！我此时真有点抱怨那位发出赞叹的同行者，也太缺少眼力，人云亦云了。不论时间、地点，一见西山就大喊睡美人，显然是迂了。此时此地，你大概没有细看吧。

睡美人后来终于给我留下了最美好的印象，那是一天在圆通寺公园。

我去圆通寺公园恰好是初冬的一天下午。我总感到昆明的天特别高、特别蓝，阳光格外明丽耀眼，花儿出奇的艳，花色出奇的浓，树木出奇的绿。我在这种心旷神怡的情绪中爬到了圆通寺背后的山崖上，习惯地又往西山远眺起来。这一望不得了，我心里一下子像一阵春风掠过，眼睛一亮：此时此地，我发现葱翠青碧的西山，真是一位魅力无穷的睡美人。

我极目而望，纵目四顾，真切地看见，在几抹细细的白云笼罩之下，仰面而卧的睡美人，那轮廓分明而俊美的面庞：丰满的前额，翘起的鼻梁、嘴角、下巴，以及下颏下面的凹窝。往左看去，是那拖在天际的如波似浪的柔美的长发；往右看去，好像雕琢过的颈项、双肩、乳峰。原来看见的胸部和腹部微高处竟像一双握着的手放在胸前。再往右是富有曲线的腰肢和丰满修长的腿，舒展、安详、优雅，真像在五百里滇池尽情嬉水、浴罢小憩的仙女。

此景此情不禁使我想起一位已故的诗人散文家富有想象力的描写："睡美人，我看见你的嘴唇轻轻翕动，你的胸部微微起伏，我已经听到你的呼吸。你大概正要说话，说出你过去的噩梦，和你醒来后看到的一切。"睡美人真仿佛是一个正在休息的生命。奇怪！此时此地，我真觉得，无论怎样看，她都是美的！

为了这一点，我永远忘不了圆通寺公园。是它，给了我一个极好的立足点，使我得到了一个得睹仙姿的角度。

庐山落霞

　　人大概不易见到瑰丽阔大的景象，所以偶有所见，往往深留在记忆中。

　　我曾经在庐山看见了一幕西天落霞，时间已经过去好久了，每当想起来，脑海中浮现的画面，总是像第一次见到时那样鲜明，心头还会重新漾起那种欣喜和开阔的感觉。

　　那是雨后初霁的一天傍晚，几位游客相邀到"月照松林"处去散步。当我们走上山梁，面对锦绣谷的方向一抬眼，只觉得眼前猛地一亮，一幅从未见过的瑰丽图画出现在眼前。

　　一切景物都像是重新铺排，一切色彩都像是重新涂抹了的。

　　平日常见的波浪般的山岭，开阔的谷地田畴，葱茏繁茂的绿树杂花，都隐没在浓重的雾海中了，一点痕迹都不露。白雾与远天晴空的色彩濡染在一起，晶白中透着淡蓝、青苍，一碧万顷。

夕陽返照青松紅
癸卯印社
馮傑

就在这个洁净、透明、幽远、壮阔的背景上，一轮橘红色的太阳，正在与远天相接的长江江面上，开朗地笑着，容光焕发，神采奕奕。

在太阳的面前，展开一个像天空一样雄伟宽广的"广场"。"广场"上铺展开一幅同样宽广的巨型地毯：橘黄色、橘红色、琥珀色、靛青色、天蓝色、碧玉色、银灰色，交织、融合在一起，悦目、醒目。在"广场"的这头，蹲踞着两匹似狮非狮、似虎非虎的奇兽，煞是壮观、威严。

这时的锦绣谷，成了一片海，淡白中透着浅绿，晶莹透明，纹丝不动，像是结了冰，又像是巨型玻璃镶成的舞台。沿"海"周围，是厚不可测的碧玉般的云，上面平平的，周遭如壁，像一溜高原。一片肃穆，宁静。

这像一幅什么图画？

同游者展开想象的翅膀，寻找恰切的表达方式。有的说像阅兵场，有的说像仙山琼海，有的说像西天净土，有的则说什么都不像，什么都像。

我自己却有一种古怪的想法：这不是一幅送行图吗？

你看，那高原式的云障雾壁，雍容、肃宁，不正是从千山万壑聚集而来的云神僧众吗？我早晨在含鄱口见到，当太阳从鄱阳湖升起的时候，它们云霞万朵，彩衣百重，迎候在九奇峰与含鄱口的奇峰异谷；现在，当太阳要回到长江休息的时候，它们又赶到锦绣谷来送行了。

好像要确证我的想法似的，经过短暂的肃静，当太阳愈来愈接近江面的时候，随着传令兵式的一缕烟云飞过，云壁雾障翻涌起来，江边像点起了万千火把，色彩浅淡明暗斑驳，一片蜂拥欢腾，或乘龙乘凤，或骑象骑虎，或驾车驾舟，或成团涌出，或散兵游勇而上，一起向夕阳奔去，欢呼、雀跃、招手，直到夕阳入江。

夕阳入江之后，天边还留下了一幅无边宽大的斑斓的百彩织锦。

这最后一个镜头像烙印一样刻在我的脑际，我的被这瞬间壮景拓宽了的心胸整个地震颤起来。

这是不是太阳给送行者回赠的礼物呢？

我痴痴地想。

很可能是的，我自己回答。

洛阳观牡丹记

清明时节，我在北京，随着各省来的同行们观赏景山的桃花、香山和颐和园的玉兰，说实在话，那福分已不算浅了。但也许人对美的事物的追求都有一种"这山望着那山高"的贪劲吧，大家在赏花时，一看见我这个河南人，总好提起洛阳牡丹来。我老实供认，我还没有去赏过洛阳牡丹呢！清明过后，我回到河南，就去参加一个会议。在会间饭后，常会见到有人向洛阳来的代表打问牡丹的花事，甚至听到有的代表惋惜地说，这个会要是放到洛阳开就美了。

也巧，谷雨那天，我刚好有事去洛阳，知道的人都说是"美差"。不用说，他们指的不是出差的内容，而是我去的地方。到了车上，我发现车厢里人坐得满满当当，行李架上却是空空荡荡。一问，原来大多数都是赏花客。人们谈的尽是牡丹，报上关于牡丹盛开的消息报道，邻人同事看花归来的感想，某本书上关于牡丹的描写，家庭培育牡丹的困难……各色人等，找到了一个共同的兴奋点，其他政治经济要闻大事，一时似乎都被忽略了。

我静静地听着人们的谈话，想着这些日子人们对牡丹的关注，心里不觉犯起疑来。这洛阳牡丹究竟何等模样，能够当得起这等厚爱吗？

一到洛阳，我的疑"释"了。

在车站广场，街头巷尾，"紫陌红尘拂面来，无人不道看花回"，从人们余兴犹浓的情绪上，我看出了人们得到美的享受以后的满足。

"见所未见！"我听见一群从开封专门来赏牡丹的大学教师们在追忆两日来的情景。"今天少说也有十万人。""前天星期日，有人说有十五万人，有人说有十八万人。""高峰时段，公园门都把不住，人们潮水般涌了进来，有两个多小时门票也没法售了。""我看见一群山区的老太太，小脚，拄着拐杖。""白发老翁也不少，扶着小孙子，儿女簇拥着。""那一群一群的外国友人、侨胞、港澳同胞，大概被这场面惊呆了，忘了看花，直看人。摄影机一闪一闪的，照的都是人。""花潮也看了，人潮也看了，此行不虚！"

百闻不如一见。到王城公园，一向恪守"静观"信条的我，静不下来了。

我发现，在这之前，我所遇所闻，都不过是花潮掀起的波纹，花潮真正的中心在这儿。

进了王城公园，同行者忙问牡丹花坛在何处。可他多事了，赏花者的人流就是一个巨大的导游队伍。阵阵细微微、清幽幽愈来愈浓的花香，早传来了欢迎信息。随着人流，嗅着清香，牡丹花圃就到了。

这真是一个奇异的世界。

在一片片不大的"王国"里，生长着这样奇异的生命，充满着生机，充满着创造力，充满着令人迷狂的美。听人说这里姚黄是"王"，魏紫是"后"，其余都是华贵端丽的公主、佳人。我眼里没有"王"，也没有"后"，也没有公主、佳人，我看见的却是一个少年儿童的乐园。在一片浅浅深深的碧绿、黄绿、葱绿、苍绿、墨绿的生命之海上、之海中，展露出千万张开朗天真的孩子的面庞。

人世间没有两张相同的面孔，自然界没有两片相同的树叶。这花儿也是这样。放眼望去，大多面若满月，细细看去，面目就不一样了。园艺家们把它们分别称为荷花型、蔷薇型、菊花型、金环型、皇冠型、绣球型、托桂型等。每一个型号都勾起人对美的形象的联想，恰像每一张孩子的面庞都叫人怜爱。

这花儿面庞，有的高出绿叶之上，昂首仰面，迎接游人，落落大方；有的藏于绿叶之中，红颜低首，怯生生地羞见观

戋村牡丹
甲雒陽
癸卯
中原馮傑

者。有一种粉紫色的花儿，外瓣大而薄软，朵朵下垂，颇似不胜酒力的女儿醉态，人们叫它"醉杨妃"。

花心也不一样。有的金丝闪耀，心胸袒露；有的花片层叠，心儿虽有若无；有的一花两心，好像并蒂而生；有的花心如瓣，成为绿心。一种叫"青龙卧墨池"的，乌紫色的花叶之中，已经瓣化成青绿色梗状的花心，宛如青龙卷曲而卧。还有一种叫作灯笼牡丹，疏叶细枝之下，挂满一列列小如指甲般的玲珑剔透的灯笼。如不亲见，这些花姿花态的绰约和华美，实在难以想象。单是这一层，已经足以令人赞叹天力人工。据说牡丹最初是野生单叶，千百年来才变成千叶。苏东坡为了这一点特意搬了家，他有一首诗说："花从单叶成千叶，家住汝南移洛阳。"

不知是化了妆的，还是本色就这样，牡丹花色的丰富令观者目眩。黄则有鹅黄、乳黄、淡黄、金黄；紫则有浅紫、粉紫、艳紫、乌紫、墨紫；白则有雪白、粉白、青白、黄白、绿白；红则有粉红、桃红、银红、水红、朱红、鲜红、火红、紫红；还有粉蓝、粉紫、淡绿、浅碧、豆绿……说是五彩缤纷、说是万紫千红、说是姹紫嫣红、粉白黛绿，都嫌粗略了。

在人们的感觉中，这牡丹花圃简直就是百花园。每一品种，每一朵花，都有自己丰富多变的色彩。

被称为白花之冠的月宫花，晶莹光洁，夜色中依然清晰可辧。火炼金丹，初开水红色，盛开大红色，近谢时呈银红色，正值盛时，喷火吐焰，红光耀眼，为红花之冠。有一种花叫二乔，不光有粉红与粉白二色，还有的同一株或同一枝上可以开出艳紫红和粉红两种不同颜色的花，同史传中的"二乔"一样为稀有美人。

人心无尽休，人们不光爱美，而且爱美而异者。来看牡丹的人最想看到的是黑牡丹和绿牡丹。

黑与绿怎能与花联起来呢？但看见过的人都说，那种紫墨色的牡丹，凝重而有光泽，使人领略到一种深沉淳厚而不可测量的美。看到豆绿色的牡丹，就像在妖红艳紫的脂粉队中看到一位"碧罗领襟素罗裳"的仙子一样，如同饮了一杯色淡味浓的青茶，感到一种"闲且静"的"绿艳"。

这样丰富的色彩，人们想不出是从哪里来的。有人曾想象说，这是由洛河的神女巧妙地剪裁天上的彩霞幻化而成的。面对着这一张张天生丽质般的处女腮、童子面，你由不得对神女生出几分敬意。

像孩子都有父母师长精心起的名字一样，这牡丹也都有高雅的芳名。

欧阳修考察分析过它们的名字来历，或以氏，或以州，或以地，或以色，更有旄其所异者而志之。姚黄、魏紫啊，赵粉、慧红呀，蓝田玉、葛巾紫啊，玛瑙红、白雪塔呀，二乔、醉杨妃啊，梨花雪、紫云仙呀，火炼金丹、银粉金鳞啊，凌花晓翠、池塘晓月，海棠争润呀。瑶池贯月……

真是美的花，美的名字！一个名字就是一个故事，就是一首诗，就是一幅画，绘影绘色，带香含情。公园的同志说，花工们育出了新品种，有时苦于起不出合适的名字来，临时用数字编个号，趣味高雅的观赏者很不以为然，觉得煞了风景。为了命名，公园常要请鉴赏家和文艺家们帮忙呢。一个芳名，使自然和生活中的美艺术化了，令人不仅悦目，而且赏心了。园林艺术家和文学艺术家共同进行了美的创造。

大凡美的事物，都具有一种无形的吸引力，好像一根有情的鞭子，把人们驱赶到它的身边。

我在洛阳几日，每天清晨五时多赶到牡丹花坛，那里已是游人如云；傍晚以后到那里散步，仍有许多人流连忘返。你总会看见画家们在细心为牡丹写照，摄影师、录像机住录下牡丹的芳姿。人们知道"好花不常开"，总希望通过别的方法让它们"常开"在人们面前。尽管花圃的周围有栏，四门有栅，又有人监护，但总是有人有意或无意地越栅跨栏而进，或抚摩一下绿叶，或捧起花朵端详，还有的伏首翕鼻深深一嗅花香或一吻花瓣。他们不在乎遭到园丁的呵斥、游览者的讥笑，因为谁都知道，无论呵斥和讥笑，都带有一种善意的理解和宽容。

一次，一个公园保卫人员对这种举动大有不可容忍之状。

旁边一位白发老人笑呵呵地答了腔："这其实算不了什么，古已有之，古已有之啊。"我急忙追问他："怎么说古已有之？"他又笑起来，慢声慢语地说："看样子，你也是读书人，想你不会不知道'洛阳牡丹甲天下'的话吧。古时洛阳人认为'天下真花独牡丹'，桃花李花只能算果子花，不算真花。一当牡丹开时，整个京都都轰动了，'花开花落二十日，一城之人皆若狂'。宋朝时，出了姚黄这种绝色品种，每当它开时，全城人争相观赏，往往是'姚家门巷车马填，墙头墙下人差肩'。连司马光都劝他的朋友下雨披上蓑衣拼上淋湿衣服也不要错过赏姚黄的机会。苏东坡看到盛开的牡丹，激动得请朋友快来，生怕明年花不开了，你看古人不是比今人还要痴迷吗！"

我和我旁边的人都点头称是。其实，别说人，就是精灵也爱牡丹。看那牡丹花丛中成双成对的蝴蝶，一钻进密叶之中就迷得忘了同伴，记不住回去的路了。所以，怎么能埋怨人为牡丹所迷而忘情失态呢？

人们称赞朴素为美，因为朴素出自天然。但天然未必不创造华丽，香艳未必就是俗气，富贵未必就是罪过。是花，就要拼命吸取自然的雨露精华，让人工尽情地培育打扮，让自己出奇的美，不是为的争"王位"，列"仙班"，而是为的让潮水般的人们悦目、赏心、醒神、益智。

腊月忆腊梅

　　清晨披衣坐起，就见窗外漫天皆白，原来夜晚下了一场大雪，转脸又见阳台上那盆腊梅绽开了点点虎蹄。随着鹅毛般翻飞的雪花，一片片飘着清香的梅园，在我的脑海里浮现。四年前的一次愉快的旅行重现在记忆屏幕上。

　　……

　　也是农历腊月，连续几天降雪。一位大学时代的同学突然冒雪驱车来访。他不容分说，把我推进汽车，坐定后才说他是来还愿的，拉我去鄢陵赏腊梅。

　　我是喜出望外。十多年前我曾去过一次鄢陵，那时我的同学向我吹过鄢陵的腊梅，说是清朝乾隆年间一位刑部尚书写过"鄢陵腊梅冠天下"的诗句。又说1959年北京农学院的专家到鄢陵实地考察以后确认，中国腊梅，以鄢陵最为著名。但那时爱花谈花是不合时宜的，只能悄悄地说，好像在谈论一件一去难返的遥远时代的童话。我希望能亲眼看一看哪怕是腊梅的干枝和枯桩，结果却是失望。

今天，行了！

要是在百花竞放的春天，再添一样梅花也许算不了什么，但在严冬腊月，寒凝大地，万物萧疏，特别是平原雪野，唯独腊梅凌寒开放，就不能不令观者刮目相看了。

在县园艺场，有两片梅圃，也叫梅园，那里花事正盛。

条条疏枝上，梅花点点、朵朵、簇簇。细看盛开的梅花，只有一只蜜蜂那样大，很娇小。奇的是，它不要任何绿叶扶持陪衬，俏容独立，而且小小花朵散发着清香，有一种夺人的力量，估不透那小不点儿花蕾里蕴涵着多少芬芳。

看着无数蜜蜂大小的黄花白花，处在香溢四野的氛围中，我恍若听到采花蜜蜂的"嗡嗡嗡"的声音，竟至忘记腊月的冰雪，群芳争艳的春天好像忽然来到了。

腊梅，她给人的是这样一种美：不带任何藻饰，没有任何声势铺张，一点也不具引逗意味；凝重、端庄、纯正、厚实；她给人的印象只是一个黄色的点，但在人的心里，她却能化成一篇馨香满怀的华章。

我听说，鄢陵腊梅中有一种据传是宋代苏东坡受贬时送给好友王主簿的，叫老苏梅；还有一种据说是明代山东布政司参议、鄢陵人陈澹亭从孔府中移来的，叫圣府梅；还有花师们从神农山上采来与当地品种嫁接而成的，叫金莲花梅。我提出要看这几种。

花师们笑着说这都绝迹了，只留下个想影。我的学友说原先县政府院内有一株老梅树，夏日荫庇整个院子，冬天繁花满树蔚为壮观，但是动乱中被毁坏了，留下的也只是遗憾。人们心中向往的许多事物的命运就是这样，我只好叹惋。

不过，眼前的也够看的了。

被称作绝佳品种的叫素心腊梅，鄢陵人常常引以为豪。这一种花花瓣淡黄，花心洁白，花香芬馥，花开后如金钟悬挂，又名吊金钟梅。还有一种名字叫得别致，也有生气，叫虎蹄梅。它花开五瓣，形若虎蹄。其花瓣外层金黄，里层为玫瑰红。还有一种叫磬口腊梅，好像是羞答答不想开花，一开很快就败了。素心腊梅和虎蹄梅在鄢陵是当家品种，在国家集体的花圃和农家院内随处可见。

我这里说随处可见，是夸张了点，但在姚家村，这确是实情。到鄢陵赏梅，最不能忘记的是姚家村。在姚家村，我才真正领略了鄢陵人对腊梅的喜好。

姚家村是腊梅的世界。这里家家庭院内大都少不了两样东西：一是花圃，二是花房、花窖。即使有庭无院的人家，门前也常有三株五株干枝梅。要说这村子是个梅园也不为过。在城里，许多人家养花不过是闲情逸致，姚家村人却把养花搞成了产业。

瓶中吐艳

癸卯冯杰

中国农村和中国农民有些事真让人估摸不透。你想象不到，姚家村因养花而纵联历史，横接海内，演出多少故事！

姚家村养花是祖传。有人计算如今已是第十一代或第十二代，少说也有二三百年的历史了。这养花是怎样开始的，史书无据，已经难以查考。据传明朝时鄢陵人居大官的很多，有所谓"朱明天下鄢半朝"之说。但清朝以后，这些大官的后代入仕不第，于是开始养花种草。当然这些大官们的私家花园本来就有花工花师。这样，种花就比较容易发展起来了。

有一个大胆的估计，说那时鄢陵县种的花木"几近千亩"。在农村，特别中原农村，这等规模可真算一奇。这些花木，当然主要用来供奉朝廷和达官贵人，但花工、花师也因此出落了出来。姚家村正是养花最出名的村子之一。

姚家村的出名首先赖于它的花工、花师。清初皇宫御花园里就有他们的花工。而民国以来特别是新中国成立后，姚家村花师几乎遍于中国各大城市的公园。

一位从西安退休回来的花工告诉我，1954年有过统计，姚家村当时在西安就有四五百口人，在各机关、各公园的花工、花师就有三四十人。另一位花师讲了刚刚发生的一件趣事。

去年冬天一位港商在武汉东湖风景区看到那里培育的佛手很好，准备买下拿它打进国际市场，但嫌数量太少。问花师哪里还有，花师说河南鄢陵姚家村有。客商赶到姚家村，要求全部买走他家的佛手，但仍不满足，就问哪里还有，他们告诉客商说郑州紫荆山公园有。客商又赶到郑州。原来这三位花师都是姚家村人，其中两位是同胞兄弟。

就在我访问他们前不久，姚家村一位年仅26岁的青年接受非洲一个国家的聘请，告别新婚的妻子，安排好用新方法插播的一院腊梅，前往异国去做花师了。

去鄢陵赏梅前，我脑海里一直有个问题：鄢陵腊梅何以能"冠天下"呢？到了姚家村，这问题我有些悟了。

在一位年逾花甲的老花师家里，我们一边欣赏他的花圃和三个自制暖房，一边向他请教鄢陵腊梅的好处。这位老人爱花成癖，一谈花就来劲：

"全国许多地方都产梅花。陕西有一种叫作白玉碗，花色半白，淡黄，开的花形像碗口，这种梅花西北五省都有。在两湖江西一带，也有素心梅，扬州、镇江和四川都有上好的梅花。但鄢陵腊梅别有特点。

"一是花色黄，黄如金；二是腊质厚；三是香味浓。这三条，别处的梅花是差那么一点的。还有花朵也大些，花型也不同。我一看花骨朵儿就能分出来：鄢陵腊梅的骨朵大，黑青色；而外地品种的骨朵小，颜色是紫黑色。

"鄢陵腊梅之所以好，是因为咱们这中原气温适合，水土好。安徽、江苏、浙江都引进过鄢陵的品种，但没几年都变质了。"

他说着，脸上泛出自豪得意。

我不懂养花，但这位师傅的话我听懂了。欧阳修写过"洛阳地脉花最宜，牡丹尤为天下奇"的诗句，看来，洛阳牡丹称奇于天下与鄢陵腊梅独胜于国中，其理一也：地灵。但地灵与人杰相结合，才能出现奇迹。像这位姚师傅，过去也是务农为生，足不离村，养几株腊梅也只是保住祖宗爱好的习惯，但近些年却成了养花专业户。他不仅培植腊梅，而且搞"南花北调""北花南移"，充分利用中原气温水土特点，发展各种花卉。他的足迹到过南北东西许多地方，花木远销西北、东海，单次成交额达一两万元。他不只是花工花师，而且是精通花卉市场的企业家了。

正是植根于对鄢陵腊梅的美的价值的领悟和自信，培植腊梅作为产业在全县迅速发展。在1978年，鄢陵县只剩下几丨株腊梅，到我参观时已经发展到几十万株。县政府刚刚请来五十多位在全国各地的鄢陵花师共商发展腊梅和各种花卉的大计，又同珠海特区花卉公司等签订了联营合同。"上有所好，下必甚焉"，以腊梅为龙头的花卉生产正成为鄢陵农民的一个新的经济领域。

……

美是融入生命的感受和体验。难以忘记，是其特点，也是检验的试金石。年年腊月，尤其落雪的日子，我总要想起鄢陵腊梅，重新体验一次美的享受。

今天，我眼前又浮现出一大片一大片点点簇簇黄金般的蜜蜂似的花朵，似又置身于奇异的清香之中。我必须写下——早该写下这中原一绝、一奇，才能心安。我还想问一问鄢陵人：近几年，鄢陵腊梅又有多少新品种？又有多大新发展？

漫步在绿色长廊

一位友人暑中从外地来。晚餐后，屋里热得坐不住，他提议到街上散散步。

我们来到了林荫道上，女儿也跟着来了。

这朋友文墨颇深的。可他对文章，是好读好谈，但不作。据我的经验，这样的人常常真的有一肚子现成的好文章呢!

我们在人行道上漫步着，不疾不徐地溜达着。在楼上晚餐时出的一身大汗一会儿都跑了。越往林荫处走，越觉凉风轻轻地掠过，即使没有风，也觉得透着一种凉意。夜色涂在宽大肥硕的法桐叶子上，绿叶成黑色的了；漏下来的夜色被路灯的光线打回去了。枝遮叶挡，路灯的光星星点点，夜色缕缕片片，洒在马路上，晃动在行人的脸上。这里好像是另一个世界，人们感觉安然、坦然。大概是应了"心静自然凉"的理儿吧，人们的燥热和烦闷感消失了。

一向健谈的朋友，散步时却一直不说话。他旁若无人地踱着步子，时不时地停下来，抚摩着身旁粗大的法桐。有时仰望，有时眯着眼，瞅着。就这样，走了很长一段路。朋友说话了，竟是一句带着抱怨和遗憾的话：

"我真不理解，你写散文，写这里写那里，可为什么不写一写你们郑州啊？"

"郑州有什么好写啊？"我反问道。

"有什么？！太值得写了：这绿城！"朋友几乎是大声呼喊了。

"你觉得应该写吗？我倒觉得很平常的呢！"我多少有点想激一激他的意思，让他发表一番观感。

"该写该写！"女儿把话茬接过去了。她先说了一通：

"我们早就说爸爸该写写这郑州的绿树了。我们一从农村搬家来，一眼就看上了这街道两旁的大树，真棒极了。有一次我们学校老师出作文题，让写可爱的郑州，我就写的这'绿色长廊！'"

"呵，'绿色长廊'，这名字谁起的？"朋友对女儿的话很感兴趣，插进来问。

"我的同学都这样叫，不对吗？"

"对，对，好极了！你是怎么描写'绿色长廊'的呢？"朋友先是称赞，接着又问起来。

"我有一段是这样写的：盛夏酷暑，太阳像个大火球，大地像个蒸笼，不要说工作、学习，就是玩儿，也简直无法进行。来吧，到这绿色的长廊中来吧！无数法桐粗大的手臂托出了亿万只绿色手掌，密密地叠织在一起。对上，筑起了一道绿色的顶棚，勇敢地顶着骄阳的挑战；对下呢，每一只手掌又都是一把绿色的'手扇'，亿万支手扇扇起的轻风带给行人无尽的安慰。阳光从密密的绿叶中洒下来，我感觉这阳光也是清凉的，也带上了一点绿色。凉湿的空气会抚去你额上的汗珠、心中的焦躁，会使你困顿尽消，精神振作。要是碰上雨天，雨滴洒下来，都被这枝叶碰碎了，变成细雨星飘落下来，这时在树下走，会感到这雨流露出一种暖意，一种柔情。啊，绿色长廊，你是大自然给人们的恩赐！"

"真情实感，诗情画意！我有同感。"

朋友评论着孩子的文章，又有点疑惑地问道："你这篇美文是参考别人的，还是自己体会的？"

女儿很坦率地反问："叔叔，难道你不相信我吗？这确实是我的真实感受。我每天上学时，清晨、中午、傍晚几次从这行道树旁往返，它是我最熟悉、最忠实的伙伴和卫士。我总觉得这一株株法桐是那样潇洒、蓬勃、富有生机，而排起来又是那样整齐，一眼望不到尽头。它们的身姿和神气，是一首绝妙的诗，一首绿色的诗。"

"呵呵，树怎么变成诗了呢？"

情在隐
映間

辛丑冯杰

朋友被孩子的痴情打动了。

女儿红着脸，激动地说："真的是诗呢！我一看到它们之间的关系是那样亲密，就觉得热乎乎的。你看，不光身旁的姐妹互相携起手来，而且，路两旁的姐妹为了传递友情，努力伸出手臂，越过宽阔的路面，在路的上方热烈拥抱。这不是团结和友情的乐章吗？

"春天，在它们身旁走过，从正在长大的泛出银白的浅绿的叶子上，我听见了生命进行曲；夏天，我看见了一幅向炎热抗争的图画；冬天，在严寒中，它那挺拔的神气，让我敬佩。有意思的是秋天，我看着这些从树上滴溜溜转着往下跌的落叶，不知道为什么，我一点也不觉得这是凋落。我只是想着，它们的跌落，正是为了母体能够顺利度过冬天，为了明年的枝繁叶茂。这不是死亡和失望，而是新生和希望。这是多好的诗章啊！"

女儿说着，越发激动起来了。

朋友也感叹起来。他先是批评我不写一篇关于绿城的文章，是身在宝山不识宝，甚至是身在福中不知福。然后，他也像孩子一样谈起他来郑州的真情实感来了——

"说真的，从车站往行政区这边来，开始一段，对郑州印象并不怎么好。看不出城市建设的章法，有名的二七路可真有点小家子气、穷气。环顾两旁街道，使人感觉是那种不成熟的作家的手稿。可一过新通桥，我猛然觉得有一股清爽之气沁人心脾，眼睛也亮了起来。

"接着，车子好像陷进一条绿色的峡谷之中，驶进了绿色的世界。我的第一个感觉是：这是巨人组成的仪仗队。我像贵宾一样，受到了两旁林立的巨树的夹道欢迎。大概因为我不是帝王吧，它们张起的巨大的伞盖，不是杏黄色的，而是翠绿色的。

"我的第二个感觉：这是生动的活动着的浮雕。

"这树木太整齐，太粗大了，以至于在它中间和周围穿行的车辆和行人，都显得小了，也不那么挤了。也许因为这是大树的天下，城市的人语喧闹，车声嘶叫，以及各种噪声，都显得轻了。

"怪道科学家说，一行绿树比几十部洒水车的作用还要大。巨大而又繁密无比的根系将水从地下抽上来，通过蒸腾作用，调节空气湿度，净化环境，吸尘消音，而它从不取分文，这真是一种'共产主义精神'。这是现代城市的伟大的'保护神'。

"我的第三个感觉：走进了都市里的村庄。

"我每游历乡村山野、名山古道，迷醉于巨树林莽之间时，总想，这里太清新，也太清冷了。若把那树林花草移入城市于万一，该给闹区增添多少幽趣雅兴。走进郑州这'绿色长廊'，我在片刻之中，恍若又到了巨树林莽的山野。

"我想起一个电影的名字：《都市里的村庄》。电影本身的内容并没有勾起我多少记忆，但这个名字的字面意思真是妙极了。

"住在大城市的人们过厌了喧闹的生活，有时不免引起对山乡村野的思念，于是想在郊区建造别墅，白天在城里工作，晚上回到乡间，在宁静安谧中享受自然的恩赐，借以消除疲劳。但这种方法对大多数人来说，永远只是一种奢望，是不大可能实现的。那么，能否找到一种办法使生活在城市中的人们借来乡村的一点色彩，享受一点乡野的清新气息呢？能，而且不只一种。也许，植树，使绿色覆盖每条街道，让人们的居处都充满绿色的生命，就是其中一个简便易行而又收效甚大的妙法了。"

朋友说着说着提高了声音，几乎是呼吁似的喊道："要是全市的每个街道，每个庭院，都被绿荫覆盖；要是让所有的城市都变成绿城；要是让我们的国家变成绿色的世界，那该多么好啊！"

我和女儿都点头同意。我对朋友说，像这种合抱大树撑起来的绿色长廊，也不过只有二十几年的工夫。俗话说"十年树木"嘛。如界我们亿万人，坚持许多年做下去，积以时日，建设绿色世界的理想，是肯定能够实现的。

朋友最后建议说，请把我们的感受和幻想公之于世，算是我们希望加速建设绿城的群众呼声吧。

我乐于从命，记下了这番夜话。

春的笑声

　　春天来了，春意越来越浓了。这是在香山一个月来，我们时时挂在嘴边上的感叹话。

　　三月初，我们住到了香山别墅。人们常说"阳春三月"。这样的季节，又是香山这样的地方，自然对春天的气息最敏感，对春天的脚步看到得早。

　　宋代有位山水画家说过："春山淡冶而如笑""冬山惨淡而如睡"。真是的，我们刚上山的时候，尽管时令已是春天，那山却像没大睡醒的样子。"惨淡"是说不上了，但除了常青的松柏，别的花木还没换上春装，衰草秃树，没精没神的。杏树、桃树的枝条上，只见到一撮撮的花骨朵，或如小米粒，或如高粱籽，或如樱桃核。杨花虽然开了，但姿色太不讲究，满树吊着，那如泣如诉哀哀欲绝的样子，一点也不惹人怜爱，人们说它"似花非花"，不愿把它同春天联系起来。大约总是春意太淡，大含蓄，太朦胧了罢，人们感觉春山还没有开颜欢笑，至多只有一点笑意。

不过，春天毕竟来到了。

不知是哪一天，人们忽然见到山坡上一株杏树的南边枝条上，绽开了几朵粉红小花。大概是物以稀为贵，住客和游客都来围观、赞叹。接着，人们又在另外的地方，在苍松翠柏间，不断发现一片杏花或几枝桃花。杏艳桃夭，好像是一种标志似的，人们分明觉察到：春，真的来了。

大家对花事纷纷注意起来。在香山，杏树、桃树太少了；牡丹花只伸着紫红紫红的芽子；玉兰花蕾上还裹着毛茸茸的外衣，偶尔见到一朵两朵玉唇微启，或香脸刚露；其他花只能使游人对着蓓蕾想起李清照的词句："不知蕴藉几多香，但见包藏无限意。"南国来的同志，总是说他们那儿这时候正是江南草长，杂花生树，群莺乱飞，那才真叫春深似海呢；相比之下，这里的春意显得不足了。

但是，前天游了一趟樱桃沟，人们的感受变了。

说是樱桃沟，你要是慕名而来，要看樱桃花开，那却为时尚早。园林工人说，还得等一个月。但春光春景，够你看了。

一进樱桃沟，人们就感到耳目为之一快，精神为之一振。且不说柳树的体态轻盈的柔条，虽过了盛时但仍黄灿灿的迎春花，显得比冬天时愈加葱翠的松柏和修竹。最让人眼亮的是，先望见一片一片的桃花，如霞片，如云朵。

最奇的是，在这同时，你的耳边响起一种凝重而深厚的响声，"仍仍仍""嗯嗯嗯"，如丝竹之声，不绝如缕，像是很远，又像是很近。当你正想打听这是什么声音的时候，抬眼见到桃树的枝梢花间，活动着一个个小黑点儿，或上，或下，或飞，或停。就近一看，原来是几十、几百只蜜蜂在忙碌，间或也有几只蝴蝶在翻舞。真是有趣极了。看见这种景象，让人一下子理解了"红杏枝头春意闹"这句诗词何以为千古一绝，令人激赏不已；一个"闹"字真抵得上千言万语，算是把春景和春意活脱脱地描画出来了。

许多游人看着这景象，呆了。有人感叹地说："也不知是桃花为蜂蝶而盛开，抑或蜂蝶因桃花而赞叹，也不知是蜂蝶恋花，抑或是花恋蜂蝶？"

这时候，山谷里不时传来几声喜鹊的"喳！喳！喳！"和山雀的"娇！娇！娇！"的鸣唱。好像都在说"春！春！春！"

或许是鸟心有知，在回答游人的疑问吧。花也好，蜂也好，蝶也好，都是因恋着春天而来的。

这些大自然的儿女，既是知春的精灵，又是报春的使者。人们看到山笑了，而且几乎听到笑出了声来。浓浓的春意荡漾于春山绿野之间，充溢于人的心胸之中了。

春的脚步

春天是美好的。人们用最迷人的字眼形容和夸赞春天，把最鼓舞人心的希望寄托于春天。但是，春天的到来却是颇不平凡的。我留意谛听春的脚步，确是如此。

夏历春节的那一天，正好是立春。好像天人相通似的，一说立春，春意就蹑手蹑脚地来了。

过春节的那几天，你来我往，许多人感觉厚厚的冬装有点穿不住了。有的为了利索，干脆把棉衣换成毛衣，把棉鞋换成单鞋。有的悄悄地把花草端到了窗台上。房檐上的雪水滴答滴答地流着。人们念叨着"六九七九，河边看柳"，细心的人报告说柳树枝头正由铁灰泛出嫩黄，想抽芽了。古人说："冰澌溶泄，东风暗换年华。"真的，在换，尽管是暗暗地。

不过，没有几日，将到"七九"的头上，一连两日小北风，雪粒又撒撒拉拉地从天上漏下来，时而还有雪花在飘，地上虽然存不住，但气温还是低了回来。人说"返了春，冻断筋"，这虽未免有点夸张，但冷劲却是不减"当年"。不少人家又把春节的菜放到室外冻起来。厚棉衣又回到身上，棉鞋又紧紧地系上了带，手又抄起来。有的卖俏图利索的，穿着单鞋的脚，脚指头肿起来，一见暖气，痒得钻心。刚发了米粒大新芽的花木有的萎缩了。嫩柳枝条上那点淡黄闪了一下，又重抹上一层烟灰。春寒料峭，好像冬天卷土重来了。

但是，季节毕竟不饶人，冬天毕竟应当退回到历史那边去了。二月下旬的返春，像冬天的回光返照，一晃过去了。一踩三月沿，春姑娘招招摇摇地露面了。

阳光格外明亮起来，人们感觉那热量加大了。有些爱动的人终日敞开领口，甚至棉衣的扣子都不扣。"似花还似非花"的杨花，不声不响地秀出了灰须须的花穗，倒挂在枝头。迎春花闪着金色的光彩，涂抹着春色。麦苗一天一个样地猛抽宽大的叶子。最惹人眼目的是，柳枝身上的烟灰色像是一下子被洗去了似的，换上了一色金黄的筒裙，得意地甩着苗条柔软的腰肢，摇摇摆摆地向人们招手。春燕呢喃，向人们招呼：春天真的到了。

人们在盎然的春意中，明媚的春光中，徜徉流连，展眉舒心，其乐融融。

春风得意地吹。先是一场西风。西风像一个顽皮的好事之徒，一刮起来，就招"事"惹"飞"。它摇树卷地，湿润的地

穿越春天

上扬起尘沙。本来严丝合缝的门窗，这时常被摇得晃晃荡荡地叫，木料中的水分被吸去了。 二八月收潮最快。勤快的人家开始拆洗翻晒衣被。理发店里，顾客要求把头发留短点。头炕小鸡蹦跳到屋外。狗在麦田里狂奔。油菜花的周围开始有蝴蝶来戏闹。燕子张开剪尾，在剪裁春光。田里的荠菜，树上的榆钱，成为尝鲜的佳味。柳树的梢头披上了金黄中透出浅绿色的头巾。

西风不停地吹。人们的嘴唇裂开了小口子，渗出了血。不少人患了感冒。

春风，这催动生机的天使啊，也是惹人心烦的精灵。不少人这样说。从严冬到炎夏，由冷到热，中间这不冷不热，日暖风和的春天，该多宝贵啊。可春天总是毛手毛脚，乍寒乍暖，春天的脾气能不能改一改呢？不少人这样想。

改，是不能够的。这是自然规律。辛稼轩说得好，尽管"春已归来"，但是，"无端风雨，未肯收尽余寒"。就在三月下旬的一天下午，只觉得从东北方向浸过来一丝凉意，虽不刺面冻手，但是碰到皮肤上却感觉潮淫淫的、凉丝丝的。东风起来了，时间不长，就有雨星飘下来，雨丝抽下来，无声地，绵绵地，轻如面粉，细如薄雾。水银柱上的温度表，又偷偷地降下了几格，"余寒"又随着春雨浸淫开来。春天的脚步声似乎听不到了。

但是，别怕。人说，立了秋，下场雨，就冷一些；立了春，下场雨，就暖和一些。"余寒"散尽，就不寒了。有人把春天比作姑娘，把冬天比作婆子。初春的北方，春姑娘与冬婆子总要进行反复的较量和斗争，彼消此长。春意由三分到五分，春色由淡到浓，一旦春姑娘占了七分，冬婆子就只有招架之功，没有还手之力了。尽管还有阴阴晴晴、风风雨雨、暖暖冷冷，但春姑娘的胜利无论如何是阻挡不住的了。

春天是美的，春天是有力量的。在严冬时，人们就寄希望于这一点。在早春时节，人们更加看见并认定了这一点。在早春时节就欢呼春深似海的时节的到来，这难道不是一种预见，而只是一种幻想吗？

在撩人思绪，抚人灵魂的春风春雨中，我看见花园中杏花如霞，桃花如云，海棠如玉，杨柳的绿叶稠密起来了。我断断续续地听见孩子对着大自然朗诵古人的诗句：

"春色满园关不住，一枝红杏出墙来。"
"等闲识得东风面，万紫千红总是春。"

河边看柳

"回头看看，柳梢上已经有点嫩黄如烟了。"我不无惊奇地叹道。

"真是的，刚来的时候怎么没看见，才一转脸，就变绿了。"妻说。

这是三月十日下午在郑东新区河边散步时的对话。

妻的话让我心中一动：一转身就变样了，这个大自然，奇妙如斯！

其实，不是大自然奇妙，而是人迟钝。天气天天都在变化，但是，不是季节交替的时候，不大感觉得到了。尤其是，城里不知季节变换，不知季节已变换，不知季节如何变换。

元宵节后，我来东区散步。花木仍是一片灰枯，至多有点暗绿。只有迎春花孤零零地闪现出星星点点的金黄，像偶然偷开的花，寡不敌众，无法装点出大自然的春天。河边清一色的垂柳，让人想起宋人张择端《清明上河图》上东京河边的一片婆娑。但现在尚未出正月，离清明节还很远，散步时耳朵还有轻轻的冻感。柳树似乎还没有透露多少春的消息。

春天的脸色多变，前天天气刚降到零下五度，昨天又转暖，据报今天气温最高为二十摄氏度。阳光已有撩人的暖意，看见有人着短袖跑步，我忽然觉得薄薄的棉衣厚了。下午散步时，我脱帽敞怀，大步快走。偶尔在柳树旁驻足睇视，发现情况好像一下子变了：长长柔柔的柳枝上，柳芽或鼓如小米，或涨如麦粒，有些嫩黄靓得泛绿，春意偷偷地漾出点点春色，让人真切地感受到春来了。

这感受影响了我的目光。当我极目河的远处，出现了文章开头时的一幕。

远望把树的间距删掉了，把颜色集合放大了。无数柳树成行成列，枝条如发挽成树冠，连成一条柳的长龙飘摇向远方；嫩黄浅绿氤氲涂抹，浓浓淡淡如烟似雾，一幅以黄绿色为主色调的率意信笔的水墨长卷铺展在眼前。

我有些贪婪地望着，脑海里关于柳色与春天的诗文也如烟如雾地飘来。

柳在中原，是最平常、最普通的树木。不同寻常的是，它是春的使者，早醒早秀。在中华民族多情好文的儿女看来，柳枝是婀娜的柳腰，柳叶是细长的柳眉，牵人的柳丝，撩人的柳笛，花柳繁华地，是美和春的象征，是情与爱的媒介，是大自然的杰作。

舊瓷新羽

惠風和暢春意新
聲也藏在辛丑言
中原馮傑製

掐指一算，"九九"未尽，惊蛰刚至，如剪刀一样的二月春风尚未出手，中原大地上的万物，大抵冬睡还没醒来。我看见绿上柳梢头，也算啜饮了春天的头酒。不可不记下来以与朋友共品。

春 夜

子夜已过，我告别朋友，走入夜中。刚才在灯光下，我感觉那是昼。

路上杨花遍地，柔软地拥着我的脚。啊，九九杨落地，春天总算到来了。

总算来了，来了。

有一种极其轻柔的东西在抚摸我的面颊，就说是亲吻也可以。是的，很轻，很柔。如果不是乍一接触，是感觉不到的。啊，这是风。是春风拂面，拂面春风。当然不是不寒而栗了，是温而且柔。我服膺古人造出一个"春风得意"的词，虽然"主观"得可以，但究竟是熨帖的。

熨帖，是的，熨帖。就在我这样想的时候，我的额上有两点凉凉的东西落下。我打了一个愣怔，甚至于"栗"了一下，但倏而转为快意，原来是雨星。啊，春雨，春风又兼春雨。这世界有那么些时刻确是可人的。我忽然伸出手来，我要抓住几点雨星叩问：你们是从哪里来的？

来自天上。可此刻天上的神们在干什么呢？大约正在意气风发地游戏吧。要是在昏睡，又有谁抖落泪水洒在我的面上？或者，有谁浇花漏下了水珠？这春雨，一定是一种精灵：雪的精灵？霜的精灵？露的精灵？雾的精灵？它们在什么地方打闹嬉戏累乏了，不小心就摔了下来。摔下来好啊，砸在了我的脸上，这是一种福分。

着实是一种福分。不身临其境是体会不到的，因为未曾感觉到。当然仅仅身临"此"境也未必能够如此强烈感觉到。而我是感觉并体味到了。甚至都看到了。

春夜是深沉的。深沉之极转成澄明。它似乎是蓝莹莹的透明体。这透明唤醒了我许多未曾意识到的意识。遮蔽我的记忆的尘垢被涤除了。猛一敞亮，我看见了别时别样的夜，这是存储在我心中的某一个隐蔽的地方的夜景。

那是秋夜。肃静，高深。它并非不好，但那种颜色似乎不令人快意，它让人沉着，收敛。它为什么总是那种严肃的黄面孔呢？

还有冬夜。我并不简单抱怨冬夜冰冷，不是不愿意接受它的凝重，甚至有点赞赏它的孕育性。但冬夜是封闭的、隔离的，我老是这样认为，尤其它那苍白的色彩、硬邦邦的调子总让人板起面孔而不能开颜。

初春 中原冯骥 癸卯初

夏夜往往是变幻闪烁的，魅惑人的。它自己的燥热把自己熔化了，又化成热烈的气团把大家都冲昏了，一种火样的颜色让人亢奋却不能让人从容。

在春风吹拂春雨叩问下，我的思绪就这样闪电般地流淌。我一步步走进春夜的深部。我又想起白天所看见的生命现象。

迎春花开出那样一种灿烂的金黄。如果一年四季是一个生命轮回的话，它也许是最先显示生命瑰丽和未来的象征物。杏的蓓蕾已经在枝头挤挤抗抗地簇拥着，有一些已向世界绽开娇艳。还有多少种我叫不出名字的花儿都在枝头叶间藏着羞颜，准备到时候一逞风采。

我感到满世界都在冲动着。生命到处都在发生，生命随时都在发生。一年四季的创造似乎都在春天定了下来。就在我这样想的当口，又不知有多少新鲜生命在出世。世界奇妙就奇妙在这春意勃发的时候。它是不可预料的、不可阻挡的、不可把握的、不可理喻的。

我想起一句听了无数遍的广告词：味道好极了。什么东西是好的？美的？世上的回答千万种。我独以为，能开启人的灵魂的，能让人精神振奋、精力弥满的，就是。这春风春雨的春夜，也就是了。

春风春雨都是温柔至极的，却可以引起强烈的冲动，排山倒海般的爆发，不顾一切的创造。这就不只是美好，简直是玄妙了。

我想起一位英国作家关于诗所给出的两个公式：散文＝安排得最好的语词；诗＝安排得最好最好的语词。我愿意把夏秋冬的夜比作他所说的散文，而春夜则是诗。

春宵一刻值千金，这是古人为劝人好好读书仕进而创造的格言。如果换作体验生命，不是更"值"了吗？这样的时刻怎么能交给睡神呢？

酷暑小记

进入中伏以后，谁都感觉得出这白昼是太长了。不少人把"度日如年"的话挂在嘴上。

可今天却有点不同。挨过了上午以后，接着而来的中午，由于孩子们接连报告了三个"激动人心"的消息，而感觉时光过得快了。

室内的光线忽然变暗了一点。于是，"天上长云彩了！"孩子们在窗外的树荫里，跳起来，高声呼叫着，报告了头条新闻。

真没想到，几片乌云遮住光焰煊赫的太阳，竟然给人们心里带来了一丝喜悦。

"轰隆隆隆……""打雷了！打雷了！"孩子们尖而脆的童音，几乎和远方长长的沉雷一起，向人们报告了又一条好消息。

这雷声，颇像艺术家在演奏了一段长长的沉闷的乐章以后，突然拨动了一个新的响亮的音符，听众预感到一段清新活泼的乐章要开始了。真没想到，这雷声，竟把乌云带给人们的喜悦的丝缕，忽一下子织成了一片希望的绿荫。

"嗒！嗒！嗒！"院子里法国梧桐树浓密宽大的叶子上发出了笨重的响声。"下雨了！下雨了！下雨了！"孩子们充满喜悦地拍着手，叫喊着，满院子奔跑着。同这第三条新闻一起沁入人们心田的，还有在人们汗毛眼周围打旋儿的，凉丝丝的微细微细的轻风。

于是，椅凳挪动，脚步杂沓，人声叽喳，经过短暂的骚动以后，院子里、大门边、窗户前，人们一个个站起来，像欢呼就要降临的救世主似的，张着格外明亮的，掩饰不住兴奋的眼睛，仰望着天空。

"喀嚓嚓！"一声炸雷在头顶响过，铜钱大的雨滴打在冒着细烟的地上，一条一条的白色雨柱斜插下来了。

"终于来了！"

"狠下！把沟河都下满！"

"我以为老天爷真的不让人活了呢！"

人们如释重负地慨叹着，大声地评论着，愉快地咒骂着。有人抑制不住兴奋，呼喊着冲到露天地里，让凶猛的雨水从上到下浇在自己的头上、脸上和周身。

也难怪人们这样。这盛夏酷暑，把人们熬煎得太苦了！

算一下，今天是中伏第五天了，好像大自然决计要人们领略一下炎夏的威严是什么样子似的。今年一入伏，气温就日高一日，一进中伏，简直就热不可当了。

朝阳，总是受到人们亲切的赞叹。可是，伏中的朝阳，却不讨人喜欢。离子夜刚刚四五个小时，它就急急惶惶地跳了出来。人们张开略觉肿胀的眼睑，抬起仍感昏沉的头，拖着汗涔涔的疲惫的身体，从床上爬起来，就看见一个刺目的燃烧着的火球似的圆脸。那火焰一下子烧红东边天空，一阵阵灼热的气浪就向人们周身扑来。

太阳，这个宇宙成员中最光辉显赫的角色，它的凛凛威风也许在炎夏伏中显露得最充分。人说"赤日炎炎似火烧"，这好像还觉不够，那个"似"字改成个"胜"字，倒更妥帖些。离正午的时候还早，那周天的烈焰已经烧到了白热化，世间万物都在它的试炼和考验面前，体味到了它那无穷无尽无边无际不可抵抗的神威。

及至当午，日轮像稳坐南天的帝王，凝然不动，正如古人所说，由于它的君临，"万物如在红炉中"了。五谷禾苗偷偷地卷起了叶子，把它们的勃勃生机深藏在半枯半焦的形容之中。鸡鸭狗猫等小动物再也不敢轻举妄动，一个个躲在树荫下、门洞里，吐着舌头，喘着粗气，无可奈何地闭起眼睛。连空气也好像被炼得凝固了，一点也不敢疯疯癫癫地自由自在地东游西荡。那空气的干燥，使人们觉得，只要划一根火柴，就能够点着似的。汽车偶尔驰过，带来一股热风，卷起一溜尘土，活像从蒸笼里冒

凉従口中生

癸卯初 冯杰

出来的热气。大树的枝叶也是一动也不动，好像一动就要被抓住什么过错似的。只有"知了"还有点狂劲，用它那裂帛般的嗓子，从凌晨到深夜，对炎热发出它的无用的"强烈抗议"。

人是聪明的。除了非办不可的要事需要奔走以外，很少有人要去试一试自己在毒日头底下的耐力。此时，人们都把聪明才智用在避暑、解暑上。

老年人虽一时求不到高山幽洞、琳宫梵刹，进不得侵云经阁、接汉钟楼，但他们深信"心静自然凉"的养身之道，把本来就不多的活动也几乎都裁减了下来，只是或躺或坐，以静求安。

平时血气方刚、年富力强、以动为乐的人们，都在想方设法，找寻避暑胜地。公园里，雪洞凉亭，风轩水阁，曲池流泉，河湾湖汊，杨柳荫中，梧桐树下，成了人们心向往之的洞天福地，聚集了一堆一堆赤臂露膀的人群。

一丝不挂或穿着极简的孩子们，看上了两种东西：一是水。游泳池里，泡着不愿出来。自来水管旁边，小脑袋伸过去任凭冲洗，一盆一盆的半温自来水浇在身上。二就是冰。孩子们像忠实的卫兵一样跟着卖冰糕的小车。一当街上停下一辆拉着人造冰块的车子，孩子们就像采花的蜂群一样，呼一声围了上去，张臂伸手抚摸冰块，粘在冰上，拉车人赶也赶不走。

真是酷暑啊！尽管人们想出了许多办法来减少烈日的威

力，但效果却有限。

会议室、办公室、宿舍，到处充溢着热气。电风扇刮着呼呼的热风。人们手中的大大小小的手扇，好像都成了演员手中的摆设，那风力太微弱了，用力扇起的一小片热风甚至连胸口窝的细汗还撵不走呢，可那手背和手腕，却渗出了大大小小的汗珠，作为摇扇的代价。

吃饭也成了苦差事。尽管不停地摇着扇子擦着汗，但一餐吃过，仍是一身水淋淋的。有人索性不吃热饭，而去吃冷食。只是在这时，人们才发现冷饮店是开设得太少了，铺面也太小了，解暑饮料的功能也太低了。当人们喝着冷饮料时，心口觉到了凉意，而一放下杯子，汗水就跟着又冒出来了。西瓜棚里，人们口一动，瓜汁和汗水同时扑嗒扑嗒地落。身体凡是成线条的地方都成了汗水的运河。眉梢、眼睫、鼻尖、鼻凹、嘴唇、嘴角、背脊、腿弯、胳膊肘，都一批接一批地渗出细细的汗珠，好像比赛哪块地方汗的产量最高似的。

此时，你要是工作，那就要付出比平常多几倍的代价。你要读书，马上就会发觉，木凳藤椅都是热乎乎的。往桌上一趴，就印上两条湿漉漉的胳膊印。一掂笔，手腕、手背细汗渗出。大脑这时候也有点木然，不听使唤了，不由使人幼稚地想：大脑皮层是不是也出汗了呢？

酷暑的永昼是难熬的。但伏中烈日的威风一直到晚仍不消减。那烈日好像既不留恋东海，也不想念昆仑似的，清晨起得是那样早，而落山竟是那样迟。直到晚上八点钟，它的余炽仍然继续射向被它烘烤了一天的大地，然后留给人们一个热气蒸腾、闷热、烦躁、不能入睡的夜晚。

已经是第六天了，天气预报照例是：晴，最高气温38℃。这预报像枣圪针打在人们背上，痛苦加上焦心。虽然温度并没有日高一日，但人们感觉这燥热是日甚一日了。大家诅咒这没有心肝的老天爷，"不让人活了！" "该崩溃了！" 有人愤激地宣称：与其在酷暑赤日下热死，还不如生活在不见阳光的阴天里。人们日日关注着，盼望着被赤帝从大地和万物身上"征召"来的水汽，能出现一支"反叛的义军"，腾空而起，举起蔽空的旌旗，布成"乌云阵"，进而发起翻江倒海般的进攻，来场暴风骤雨，驱赶这窒息人的暑气，冲刷大地万物的尘埃，洗去人们身上的汗污，解脱这无边的苦难。

物极必反；天遂人意。极度的炎热，无量的蒸发，必然带来大风大雨。人们的盼望变成了现实。只有经历过这番盛暑熬煎的人们，才能体味到一场暴风雨的到来为什么那样使人欣然、怡然、陶然、醉然。仅此，要说只有盛暑之苦，没有一点盛暑之乐，也许不太全面。但这"乐"中饱含着多少苦味啊！

还是不要这乐吧！尽管是天道有常，季节不能改易，但我还是盼望老天爷能让人类过上四季如春的日子。风，和而不猛；日，丽而不骄；气温，宜人而不熬煎人；赐给人类一个愉快地劳动、畅快地休息、欢快地生活的天地。我更盼望的是人类的科学和文明进化到这样一个地步：人，终于能够有足够的力量真正成为宇宙的主宰，包括太阳在内的天地万物都臣服在人的脚下，以人的意志为意志，以人的爱憎为爱憎，人要它怎么样，它就怎么样。而不是相反！

雪花的性格

俗谚说：大雪年年有，不在三九在四九。在中原地区，这话是相当灵验的，但今年却有点例外。三九过了，四九过了，仍不见雪的踪影。乡下人怕旱，城里人怕病，人们到处在对天慨叹，计算着时令，盼望着雪的降临。

真是"千呼万唤始出来"啊，到了立春的头一天，雪才下起来。大概是今年的雪感觉自己来晚了吧，像一个上学迟到的女学生，羞惭满面地来了。彤云在天上已经罩了两天，气温时而一阵冰冷，时而一丝暖意。

直到昨天的黄昏时节，才见到灰黄的天幕上，雪花点点片片，摇摇晃晃飘下来、洒下来、飞下来、落下来。

有人说，春雪是暖雪。可真是的，那六角尖尖的花儿，凉不刺肤，冰不彻骨，悄没声息，弱不禁风，羞答答的，温柔极了，小姑娘一般。

人们总好说"飞雪"，真不假。你看它们好像微笑着，谈论着，嬉戏着，玩耍般地往来于天地之间，徜徉在宇宙之内，轻盈，洒脱，自如，自若，无拘无束，无阻无隔，无牵无挂，好像无忧无虑的玉色蝴蝶，单纯极了。

雪花，看上去还那么随顺。或飘洒天际，或高挂枝头，或下临深涧，钻缝入隙，贴墙攀桩。行也好，止也好，卧也好，蹲也好，附也好，攀也好，存也好，化也好，随物赋形，随遇而安，无可无不可的。

雪花，飘着，飞着，银光点点，素花片片。既没有雷声震耳，也不见闪电刺目，听不见狂风撼树，看不到暴雨倾泻。银光闪着，素花舞着；宇宙因此而显得更加宁静，人们的心境也被滋润得恬适起来。我望着雪花出神，温柔、单纯、随顺，多讨人喜欢啊！

可是，人们是不是注意到，在这温柔、单纯、随顺的外表里面，它还缊藏着怎样一颗坚强博人的雄心、人气磅礴的气概啊。当雪越下越大的时候，我的神思和雪花一起翻飞、升腾。

纷纷扬扬的雪花，多像自天而降的天兵啊。

小时候，我常常纳闷：这么多的雪花原来都藏在哪里呢？那是在天上吧。后来听说，奇冷酷寒的南极北极，是雪的久留之地；赤道的高山峰巅，温带雪山的六月，都经常有它飞舞的身影——可见，爱寒好高是它的天性。既然爱寒好高，那它的故乡大概就在最冷最高的天上了。又后来读《镜花缘》，我忽然有了点联想。

书上写武则天赏雪之余、醉眼蒙眬之中，下了一道命令："明朝游上苑，火速报春知。花需连夜发，莫待晓风催！"果然，第二天雪住以后，百花齐放。我由此想到了下雪。武则天这位自号"督花天王"的精灵，是不是又在上界强令她的"花兵"一时之内、一日之间、一齐开放，让世人为之仰目呢？不然，霎时间，从哪里来了那么多银盔银甲的白袍小将呢？

雾霭霭的雪花，还颇有雄师的气势呢！

学生时读龚自珍的《西郊落花歌》，那诗描写北京西郊的落花景象，说是"如钱塘潮夜澎湃，如昆阳战晨披靡，如八万四千天女洗脸罢，齐向此地倾胭脂。奇龙怪凤爱漂泊，琴高之鲤何反欲上天为？玉皇宫中空若洗，三十六界无一青蛾眉"。

这景象我是没见过，只觉得若把"落花"改成"雪花"，倒是完全合适。那雪下得紧时，确实如"飞起玉龙三百万"，银鳞素甲满天飞；或者如鲁迅说的"如包藏火焰的大雾，旋转而且升腾，弥漫太空，使太空旋转而升腾地闪烁"；有时它暴烈异常，大有搅乱周天，掀动四维之势。这正像千军万马，亿兆兵勇，腾跃冲杀，所向披靡，那勇气和锐气真是无敌的啊！

雪花，它不还是义军吗？

秋毫无犯是不用说的了。它还要冬施其惠。它降临人世，先要给有害的生物制造死亡的机缘：压瘴、灭虫、杀菌。它更要给尚生的生物以生的力量，如农谚所说的"瑞雪兆丰年"，"大雪结成被，枕着馒头睡"。它还要给将生的生物以生的条件，它是"隐约着的青春的消息"。飞雪迎春，飞雪报春，说得真对，真好！

我特别觉得，雪花，还是伟大的艺术家。

它的大手笔挥洒天地之间，涂抹万物之上，一日之内，一夜之间，把整个世界改换了模样，装扮成自己的色彩，创造出银世界、玉乾坤来。

这是怎样的一副艺术家的魄力和气度啊。当昨夜大雪，你今晨起来，抬眼远眺，只见山舞银蛇，原驰蜡象，万里关山皆白，田垄道路无垠无痕，一片琉璃世界。近看，则满目粉妆玉砌，梨花千树，松柏青竹，长青植物，老树枯枝，落叶乔木，一色儿银枝素化，点点滴滴，团团簇簇，又浓，又厚，虽然没有馨香四溢，却有清新之气弥漫。

这位艺术家，还极有个性的呢！不知是什么怪脾气，它不用五颜六色，却把赤橙黄绿青蓝紫调合成一种颜色，绘一幅洁白雅淡的图画，呈现于人们面前。可有趣的是，人们面对此景，不仅不感到单调，反而想起鲁迅形容的"灿烂的雪花"来。的确，这晶莹洁白，不是最美最艳的吗？

我望着雪景，又出起神来：你这温柔如处子，嬉戏如顽童，如花似玉的雪花哦！你却又似天兵，似雄师，似义军，似大艺术家。究竟你的性格是什么呢？你这雨的精魂，你这自然界的精灵，你是多么可爱又可敬啊！

冰的写意

据说冰与雪是姐妹。赏了雪景，我又想起了冰姿。冬晨，我看见田畔渠中，河里湖里，全结了冰。玻璃窗上镶满冰花。

好惹眼的冰啊！

仔细看去，它那如花似玉的姿色真有点迷人。它的颜色随附着的地方和物件的颜色而变化：有的碧，有的绿，有的墨，有的黄，但都泛着一层亮光，显得容光焕发。

它那姿态就更多样了。那或狭长或平阔的冰面，随方就圆，或如带、如镜，乍看一片平白。但细察，则见巨幅画面或一角方框内，淡、深、明、暗，或如丛丛斑竹，如松塔杉林，如牡丹菊影；又像斗牛飞马，游鱼奔兔，立象卧熊；还有那或高或低、或陡或坡，极似峰峦山谷、云卷波涌。这景象，不由得使人叹服：这冰，也是一个世界呀。

冰，有没有性格呢？它冰肌玉肤，冰清玉润，乍看上去觉其冷峻高洁，在竭力表现出自己的骄矜、威严。平日里，它是不大露面的。一当寒凝大地，它就抖擞精神，倏然而降，大出风头了。

它先令严霜作为前卫，继而将自己打扮得银枝玉叶：衣服穿了一层又一层，首饰戴了一件又一件，甚至不管自己的体型臃肿到一米两米，头上堆积到十层八层。为了执拗地表现自己，它不惜屈身于树枝房檐，附在人们的发梢衣角，粘于草叶麦苗，甚至水龙头口也挂着它的身子，让人家吐不掉。为了打扮自己，它把大地上的水分都征集起来，以至连它周围的土地都被抽得瑟瑟缩缩地抖。哪怕藏一点水分，也要吓得起一层鸡皮疙瘩。而在它这样做的时候，它从来是一意孤行，不管人们是喜还是怨。

但是，世界原是万物共存、互相制约的。大阳对冰就不那么客气了。它不理睬冰花冰枝对它频送着炫目的秋波，却回报以初极温柔继而严厉的目光：由于你对万物的冷酷，你还是回到你来的地方吧。

于是，冰流着大颗大颗的泪，流着淋漓的大汗，流着汩汩的血，金钿坠落，玉魄瓦解，骨化形销，或化作若有若无的轻烟，或跟着流水，呜呜咽咽地走了。

我忽然觉得，我看到的冰花、冰山、冰树，似乎全是幻觉。冰消雪化，我心里和暖起来，空气也轻松起来，清新起来。

散　步

　　人的习惯是个怪东西。良好的习惯是一种不自觉的动力，恶习则成为一种不易甩掉的惰力。常常说不清它是从什么时候悄悄地来到你的身边，又是怎样慢慢地和你结下了不解之缘。它像一个无影无声的司令官一样，你必须奴隶般地听凭它的指挥，去干某一件事、某一类事。

　　不知什么时候从那本书上，我读到过这样几段大体同类意思的话。

　　法国的大启蒙思想家卢梭说："散步能促进我的思想。"

　　德国的大文学家歌德说："我最宝贵的思维及其最好的表达方式，都是在我散步时出现的。"

　　有人说，对于俄国的大作家果戈理，道路永远是治疗他的疾病的良药，道路又会给他以新的思想。果戈理自己这样说过："作品的内容常常是在道路上展开，来到我的脑里；全部的题材，我几乎是在道路上完成的。"

在《死魂灵》里，我们读到这样充满感情的话："上帝啊！你这远远的、远远的道路，是多么好啊！有多少次，当我要毁灭和沉没的时候我就抱住了你，你每一次都宽仁地拉出了我，拯救了我！在你的身上产生了多少奇丽的计划，诗的幻想呀，产生了多少不可思议的印象呀！"

这些先师们的思想，在我脑海里成了串以后，它深深地影响了我：散步，成了我的习惯。

我不具备当作家的料。所以，散步时，脑海里并没有产生多少诗的幻想和最好的表达方式。但散步之于我，却自有我自己的情趣。

那是在上大学的时候，我喜爱沿着古城墙外的环城公路转悠，夕阳、黄昏、暮色苍茫之中，反剪着双手，脚在信步走着。这时候，常常有一丝半缕的思想和情绪：或关于人生的，或关于当前人事的，或关于朋友的，大多是关于学业的……从路边的草丛里，从轻拂着发梢的柳枝中，从沙沙沙、哗哗哗的树叶的摩挲声中，或不知从什么景致中，突然跳出来，钻进心田，迅速地生根、发芽、生长，像一个有生气的生命在蠕动，新鲜、轻巧、细微，使人难以割舍，有时又朦朦胧胧难着痕迹，心里产生一种欣欣然不可遏止的快意，或者隐隐然不可名状的疑云。

我惊异地感觉到：我的脚在散漫地走着，可我的思维和

记忆的细胞却格外活跃起来，注意力却渐渐集中在某个兴奋点上。

　　在一场大的政治风暴中，我所在的单位被拉到偏僻的农村进行"斗批改"。紧张的"斗争"的空隙，无所事事，有了更多散步的机会。夜晚没有电灯，睡得早，起得也早。晨曦、朝霞、薄雾，田间小路、树林之中，到处可以走动，这种散步给予我的最好的东西是精神的极度松弛。缓缓的步子，偶尔一高一低的跳跃，把过分的激情、缠人的疲劳、烦人的苦恼、憋人的闷气，一把一把地抛向脑后的道路。大概是因为长时间的睡眠，得到了充分休息，或者此时此景，不需要也不愿意想更多的东西，这种田园式的懒散，有时竟然使脑子里没有一个念头，空洞得一无所有。

这种心境的片刻宁静，常使我想起列夫·托尔斯泰笔下的列文的庄园所带给度假客人的感觉。它大概有点接近哲学家所说的那种"无差别境界"吧，或者竟是佛家所追求的那种"超脱"吧。

近来，我的家搬在了一个公园附近，因而有幸经常把散步的足迹留在公园。沿着公园平坦的水泥干道，鹅卵石铺成的甬道，花木扶疏的曲径，三心二意地信步溜达，心中觉得像是置身于悠闲恬静的另一世界，眼前现出一幅幅各不相同的风俗画。

各种各样的工作人员，各种工种、岗位上的劳动者，各种年龄的男男女女们，都在这里活动。儿童们在有着真的活蹦乱跳的动物的动物园里，和安放着假的一动不动却栩栩如生的乐园里，尽情地嬉戏游乐；老人们在明亮的草坪上晒太阳取暖，或在路旁的石桌上摆下棋盘；书生们在僻静处凝神展卷或问答争鸣。

无目的地散步的我，有时问自己：人们来这里寻找什么呢？寻找闲适吧，可有的又忙碌起来。寻找快乐吧，可有的却得到了新的烦恼。那么，他们寻找的是幽静，是要把身心的疲劳找一个可以扔掉的角落。这都不能说不对，但似乎还没有抓住症结。

噢，对了，是在寻找自由！在公园这块自由的天地里，人们获得了暂时的超脱，精神上达到了一个新的境界。

我在散步中看到和想到了这一点，我真像有所发现似的感到心中充溢着喜悦，我好像成了展开双翅自由飞翔的鸟儿。

是的，每当你感到自由的时候，周身的疲劳就消失了，新的情趣、新的力量就生长起来。

散步，这种活动方式或曰运动方式，看上去是那样简单，那样无可无不可的，可其中居然蕴涵着这样深沉的魅力！获得自由，这不正是散步的目的之极致吗？这，当然只有喜爱散步的人，才能够领略得到。

于是，我常常散步，并且常常生出一种固执的傻念头：

当我们说斗争就是幸福的时候，为什么要否认和平与悠闲也是一种幸福呢？

夜 路

我从小害怕走夜路。这缘由，说来话长。

穷乡僻壤，人烟稀少，一到夜晚，路上绝少行人，这本有点寂静得怕人。加上迷信盛行，人们喜欢谈鬼说怪，夜路就更加可怖了。

少年时代，小朋友们夜晚聚在一起，也学大人们谈鬼的故事。有些故事至今不忘。

有一位小朋友说，他亲耳听过某某人讲的一个真实的故事。那人一次走夜路，忽然看见眼前出现一道墙横在路上。看去若有，摸去却无，影影绰绰，阴阴森森，无论如何也越不过那道墙去。人家说那就叫鬼打墙，太可怕了！

另一个故事更玄乎。全村一位出了名的胆子大的人，夜晚骑马路过一段漫长的洼地。走到中段时，只听见路两边有似人非人的声音叫着："骑马！""骑马！"那人很奇怪，谁的声音呢？定睛一看，是七八个或长或圆的、似人非人的东西，在跟着马飘忽忽地飞奔着。那人胆气壮，也想看个究竟，就慷慨地答道："想骑马，好，上来吧！"话音一落，就见那七八个黑影子飞身跃上马屁股，有的还咯咯咯地小声笑着。那人说："你们坐不下，躺下来，我用绳子把你们缚在马身上，别摔坏了身子！"只听背后的黑东西们答道："不必麻烦，不必麻烦，我们坐坐就走。"但说话的时候，那人已经用绳子把它们缚在马屁股上了。说来也快，一会儿，听见狗叫声，快到村口了。这时，只听后边叫道："快！快！解开绳子，放我们下马！"那人的胆气越发壮了。他策马飞奔，一瞬间，进了村。那人召集朋友来看鬼。谁知灯光下一看，马屁股上驮着七八块木板子。那人说："卸下来烤火。"火起处，只听毕毕剥剥，像是哭爹喊娘的叫声，板子上流的油像血一样。

这些故事，在我心里罩上一个神秘可怖的鬼的阴影，使我相信，夜晚是鬼的世界。我自己亲身经历的一件事，更加重了这种阴影和意识。那是淮海战役后的一个夜晚，我跟着母亲到邻人家里去。本来，我的家乡是淮海战役的中心战场，房子全部让蒋军烧光了。瓦砾场上，夜晚一片凄凉恐怖的气氛。我们在路上正走着，突然，我身边有一个闪亮的火球倏地从地上跳起，窜到半空中去。我吃惊地抓住母亲的衣襟，闭起了眼睛，小声地问："啥？"母亲也不答话，颤兢兢地扯着我的手，连拖带拉地把我带走了。直到邻人家里，灯光下面她才告诉我：

"那是鬼火！"

这情景一直给我留下了很深的印象。长大以后，我在理论上逐渐成了无神论者。但是在感觉上、精神上，那些鬼的负担还不能一下子彻底扔掉。一旦走夜路的时候，总免不了想起发光的鬼火、打墙的鬼、要骑马的鬼。

于是，我很怕走夜路，尤其是单独走长距离的夜路。使我重新获得走夜路的胆量的，是一次单独的长距离走夜路的经历。

那是一个初夏的夜晚，我从外地回到老家去。在县城下了汽车，夕阳的余晖已经隐没到西山里了。说也巧，在汽车站旁边，我碰见了一个老同学骑着自行车到县城开会。我提议他把自行车借给我，今晚我就不在县城耽搁了。

我想：从县城到老家不过五十来里路，这路是再熟不过了。我在县城上中学时，这路少说也走过一百个来回，大路、小路，坑坑洼洼，村村镇镇，都像地图一样刻在心里了。我打算抄近路。谁知道，一切情况都在变化。多年不回家，山未改河改。走了不上十里路，一条新挖的人工河横在面前。"远路怕水，近路怕鬼"，我想起了这句俗谚。我不敢贸然涉水渡河。只得沿着河堤重新折回老路。

那晚是一个月黑夜。夜幕已经黑咕隆咚地罩下来了，我的心也隐隐地长起"毛"来，只觉得有一丝一丝的恐怖气氛从周围

暗夜裡的行走
中原 冯杰

向我压迫过来。我根据过去的记忆，知道路边某处是坟地、某处是芦苇坑、某处是旧砖窑、某处是岔路口。每过一处，都偏偏引起脑海里旧日的恐怖画面的联想。我有点后悔，不如在县城住一晚，白天再回。可一划算，现在返回县城也不上算了。

我很想遇到一个同路人，但又怕遇到一个生人，那样就既要防鬼，又要防人，更紧张了。

心里想着，自行车轮转着。突然，车子不动了。我双脚着地。

"哎呀！"我叫起苦来，车前轮撞在了一个井口上。要不是水车挡着，说不定会连人带车栽进井里去。

好险啊！"难道真有鬼领路吗？"我伸手抹了一把脸上的汗。不料这时又一件窝囊事发生了，眼镜居然不知掉到哪里去了。真是"屋漏偏逢连阴雨"！我连忙蹲下来去摸眼镜，但怎么也摸不着。这可糟透了，夜已黑得伸手不见五指，近视眼又没了眼镜，可怎么走路啊！

我泄气了。

但有趣的是，当我直起腰来准备仰天长叹的时候，脚步挪动了一下，我感到脚脖上挂着一个东西，伸手一摸，哎呀，眼镜竟在这里！

我好像获得了新的希望，身上的汗一下子都解了。我又骑上车子赶路。

前边到了一个好几里长的漫洼。这一段路，前不着村，后不着店，传说过去是强人出没、坏人蹿径的地方。大白天一个人经过这段路，都难免头皮发紧，夜幕之下，望不到边的麦田像黑色的海一样在翻滚，周围死一般的寂静，我的心有点紧缩了。我两手紧紧攥着自行车把，只管睁大眼睛盯着车下的土路，顾不得或者说不敢往四周望一眼，脑子里尽量排除一切关于鬼呀怪呀的念头。

可怕的事情还是发生了。

只听麦海里先是沙沙沙，接着是哗哗啦，然后"哇"的一声，不知道窜出了一个什么东西。

我的毛发直竖，脚也蹬空了。车把一歪，车轮一滑，一个趔趄，差一点摔倒在地上。

什么鬼怪啊？只听"咕呱"一声，原来是一只觅食的大癞蛤蟆！

这个发现使我的整个神经一下子全都松弛了下来，怕鬼只为心中有鬼，紧张都因自己吓自己。这时候，我的心境忽然平静得像夏夜一样。我扶着自行车，站在旷野之上，仰望天幕，黑尽管黑，但仔细看去，却是透明而且空灵，没有烈日炙烤，车马喧嚣，尘埃飞腾。环顾四周，万籁俱寂，万物在休养生息，正是赖于这黑色天幕的覆盖。空中薄雾四起，水汽氤氲，清新、恬静、宜人。

这不是一种阴郁的、沉静的美吗？这是大自然为人类安排的。鬼是不配享受这美景的，它们应当永远禁锢到见不得人的十八层地狱之中。人世间不应当让鬼来出没，人不应当怕鬼。

我的心由于轻松而变得愉快起来了。我回顾了一下走过的路，回想一下自己的紧张情绪，觉得好笑！哪里有什么鬼的影子呢？大胆地走自己的路吧。

我骑着自行车，悠然地走完了剩下的路。

自从有了这一次经历之后，我确信，走夜路并不可怕。所谓鬼本是子虚乌有。不过，因为是夜，走路要小心些。

永久的魅力

　　有作家说过，写文章，尤其写散文，一大忌讳是掉书袋。真情实感的文字中，夹着一段段引文，既显得累赘，又有卖弄博学的嫌疑。

　　但当我提笔写这组文章的时候，我思来想去，还是忍不住先引一段话来开头。之所以忍不住，是因为这一段话说得太好了，太切合我的思想和体验了。我找了几种类似意思的话都不能代替它。要是用我自己的方式把这段话变通一下，又觉得不是那个味儿。

　　这是一段为很多人所熟知的马克思的话。这话说：

　　"一个成人不能再变成儿童，否则就变得稚气了。但是，儿童的天真不使他感到愉快吗？他自己不该努力在一个更高的阶梯上把自己的真实再现出来吗？在每一个时代，它的固有的性格不是在儿童的天性中纯真地复活着吗？为什么历史上的人类童年时代，在它发展得最完美的地方，不该作为永不复返的阶段而显示出永久的魅力呢？"

且不管人类的历史发展，只说个人的发展历史。有谁能不承认，儿童的天真是令人愉快的呢？对自己天真的儿童时代的回忆，难道不总有一种甜蜜的、温馨的、咀嚼不尽的味道吗？人到中年以后，再忆及儿时，常有令人惊异的发现。

头一个发现，便是人对儿时经历的记忆是那样鲜明，鲜明得令你惊叹！真的，童年时代的脑海，确实像头一次启用的复写纸，轻轻一划，就清晰异常。许多极其平淡的小事，都像孩子的指甲划在头一次使用的复写纸上留下的痕迹。一掀开儿时的记事册，恍如刚发生过的事情一般。自己也像还了童，在感觉上又变成了孩子。一切都那样新奇、生动、活泼。

当然，回到童年时代去，这只能是片刻的想象，瞬间的念头。但这想象和念头，却不是毫无意义的。有回忆的画面就会抽出一根根思考的线米。这线，断断续续、隐隐现现，穿越了几十年，直连到今天。善于思索的中年和老年，在对往事的咀嚼中，找到自己各方面发展的来龙去脉，前因后果。在对人生的理解中，忽然发现童年时代就已潜在的许多影响一生的因素，许多细微琐屑、似有若无的东西，竟成为日后优劣成败的萌芽。

这回忆，包含着多少发现的愉快、理解的温暖、收获的幸福啊！这真是一种永久的魅力。

心　灾

　　中国人多数都有一个乳名，又叫小名。这是大人们给孩子所作的一个永久性记号。它记载着大人们各式各样的，简单的或者复杂的，明显的或者隐蔽的思想和情感。同时，也是孩子和大人进行沟通的一个通道。大人们的这个寄托和念想，对孩子来说伴随终生。

　　我的乳名就是这样。

　　出生在乡村的我，本来是不大会追问自己小名的意义的。小时候大人们叫来叫去，也就罢了；但上了学粗识文字以后，就对与自己相关的东西注意起来。特别是，乡村孩子的小名一般都比较直观具象，浅显易懂，可我的名字有些怪。大人们叫我"xin zai"(汉语拼音)，是什么意思呢？是哪两个字呢？按照通常的习惯，"xin"肯定是新旧的新了，农民总是喜欢新的；那"zai"呢，是栽树的栽？是新栽了一棵树，还是新盖了一所房？还是别的什么意思？

我求不出来这个解。与同学们讨论，也说不清楚。我问父母，他们说名是爷爷奶奶起的。一天放了学，我去问爷爷奶奶。爷爷神情严肃地说长大了再告诉我，现在说我也不懂。但是正在卧病的奶奶心软了，她说我已经是学生了，该知道了。

　　"你的名字叫'心灾'，"她说着用手指着自己胸口的地方，提高了声调说，"你是心里有灾，心灾！"

　　"怎么能是这两个字呢？这两个字怎么能是名字呢？"我心里想着，没有说出口。

　　奶奶把表情愕然的我拉到身边，轻轻抚摩着我的脑袋，眼里忽然射出一种少见的悲愤的光，牙齿像是咬着似的说：

　　"这得从你的出生说起，鬼子进村你出生。

　　"你出生的时辰，是壬午年的腊月初三（我后来查到是1943年1月8日），早晨太阳刚照到门楼角的时候。就是这一天，大刚亮，外头有人喊'鬼子来了！鬼子快进村了！马庄据点的日本鬼子就要进村了！'

　　"真是晴天霹雳啊！无恶不作的日本鬼子从据点里出来就是扫荡的啊！小鬼子是野兽，没有人性啊！他们端着上了刺刀的枪口，到哪儿都是'三光'（抢光、杀光、烧光）啊！

　　"该千刀杀的小鬼子怎么这时候来了啊！正是你快要下生的时候。一听说他们要来，男人们都藏起来了。家里只剩下我和你娘。我怕你的小命要葬送到小鬼子的手里了，我更怕你娘月子

最暖的碼頭

這是童年最溫
暖的碼頭 甲寅春
馮傑

里有了好歹。听说鬼子已经从村东头进来了，你娘紧张、害怕，我更紧张。我只好请东院的恁大娘过来帮忙。就因为紧张，还没准备好，你哇哇地落地了。

"这咋办呢？日本鬼子是什么坏事都能干得出来的啊！得

跑反啊。可是，月子里往哪里跑啊？亲戚家里不能去啊。远处也走不到啊。没有办法，只好去野地林上（坟地）躲一躲。可十冬腊月，恁娘俩受了风寒咋办啊？这风寒怎么抵挡啊？真是左也怕右也怕。思来想去，走一步说一步，先躲过鬼子的刺刀再说别的。也是急中生智，也是没有办法的办法：我和恁大娘急急忙忙烙了两个又厚又大的油饼，用蒸馍的笼布包起来，让你娘前胸贴一个，后背贴一个，然后用两根带子勒上。先用它抵御腊月里野地的风寒，也能用它来挡饥。

"就是这样，我们抱着你，保护着你娘，在野地坟间，冻了一天。直等到看见日本鬼子驮着粮食，赶着牲口，狼烟动地地出了村。知道那是扫荡完了，然后才回到家里。幸好你的命大，活了下来。可你娘身体从此落下了毛病。"

奶奶说到这里，已是气喘得厉害。她用质问的口吻说：

"我啥时候想起来啥时候心里打战，嗓了眼儿里冒火。咱在自己的家过日子，日本人有日本人的地儿，他们凭什么来到咱们家门口横行霸道啊？世上咋兴这样的强盗恶魔啊？咋没人治治这些禽兽不如的东西呢？"

奶奶缓过一口气以后对我说："孩子，你真是有大灾啊！来到这个世界上开头就遇到强盗、恶鬼！差一点要了你的小命。你这是胎里带来的灾啊！我不知道怎样才能消掉这个灾。我听人说要消心里的灾就要把它说出来撂到明处。大家经常喊来喊去，灾就消了。我就给你起个小名叫'心灾'！我孙子的这个灾，也是咱全家的灾，我知道我是一辈子不会忘记，我也叫你永远不忘记。"

在我襁褓中发生的惨烈的故事，不可能清晰地存留在我的记忆中。但是，奶奶对我乳名来历的诉说，已经并将永远成为我人生最深刻的记忆。我已经年逾花甲，知道我的乳名的人已经很少，知道我乳名含义的人更少。在六十多年后，我所以来告诉世人自己的一点近乎隐私的东西，一个重要的原因，是那些企图淡化甚至涂改日本作为侵略者的历史罪责的人给我的刺激；同时，我也一直想记录并且传达这样一个令人心灵不无震撼的信息：

一个普通的中国农村妇女，是以这样严肃的直接的方式，让她的孙子永远不要忘记日本侵略者对自己烙印般的伤害。她如此深刻地把这种伤害诠释成"心灵的伤害"；而且如此富有远见地要所有的人通过她孙子的乳名，而对这种伤害和造成这种伤害的罪恶，永志不忘。

一个民族受侵略被蹂躏的历史，和一个负有侵略罪责的民族的历史，都是人类的惨痛悲剧和经验。为了防止历史悲剧的重演，它是不应当被淡化，更是不准被涂改的。

红椅子

　　我的学校生活，从小学到大学，不能算是没有光彩的。成绩常常名列前茅，受表扬，得奖励，当过保送生，被称作高才生，颇赢得师友的一些夸赞。

　　但是，实际上，我的上学的历史是从失败开始的。永留在我的记忆中、对我刺激最大的，是小学一年级大考，我坐了一次"红椅子"。

　　现在的小朋友，也许不知道"红椅子"是什么意思。这在我读小学的时候，坐"红椅子"可不是一件小事，毋宁说是学生的奇耻大辱。

　　我的家乡虽说是穷乡僻壤，但刚解放那几年，政府和群众都很重视教育。我们村的小学就办在村中心的祖宗祠堂里。每年的年终考试过后，最隆重的一件事，是张榜公布考试成绩。那成绩榜大约是仿照科举时的形式，十分郑重。写榜文的，必是书法最好的老师。榜文用几大张上好的洋荷莲纸连起来，贴在那祖宗祠堂头门楼里东西两面最宽阔、最显眼的墙壁上。

发榜这一天，好像是全村的节日一样。不仅全校师生一起拥到榜前，几乎全村的大人们也都不请自来了。学生寻找自己的名字，家长寻找孩子的名字，指指点点，挤挤攘攘，赞不绝口的，骂骂咧咧的，热闹极了。

榜上的前三名是用大一号的字书写，大有高"中"的意味，那光景当然是极为荣耀的了。最扫兴的，是成绩最差的一名学生。在他的名字下，校长饱蘸朱笔，粗粗地一斜竖一长挑，成了"L"，猛一看去，极像一把旧式的高背椅子。因为是红墨水，所以称作"红椅子"。

于是，在我们那里，坐"红椅子"就成了成绩最末一名学生的代称。本来，这最末一名也就够让人抬不起头来的了，偏偏又有这多少带点戏谑的称呼呼之，似乎考了老末，倒可以坐红椅子，反而怪舒服似的。这真像在人伤口上撒把盐，滋味可够人受的。

在小学一年级的期终成绩榜上，我的大名下面，就是那样一把"红椅子"。

发榜那一天，我也挤到人群里去看。找来找去，在最后找到了自己的名字。我觉得，全身的血一下子都涌到头上了，眼睛里蒙上一层水，看不清楚了。校长用红笔勾画的那把椅子，血红血红的，我被按在椅子上，推到了众人面前，并且有人说：“看，这就是最后一名！不好好学的家伙，亮亮相！”

我像小偷一样抽回脚步，从人群里钻出来，逃离了那“审判”我的地方。我不知道自己是怎样跑到家里的。进家以后，随手把院门也关上了。大白天关大门干什么啊？我也说不清。大概是要把耻辱和讥笑一齐关到门外去吧！

这事，我爷爷很快知道了。他拄着拐杖走过来，把我拉到他的怀里，让我骑在他的膝盖上，然后，让我伸出手来。他从怀里掏出两把炒花生，放在我手里，成了满满的一大捧。爷爷慈祥地看着我，平静地说：

“吃吧，吃了好好学，明年得个头名！人谁没有打败仗的时候？关老爷还败走过麦城呢。开头坐红椅子，说不定后来能坐金交椅呢。”

我“哇”的一声哭了出来，依在了爷爷怀里。这时候，要是爹、娘和爷爷，谁来朝我屁股上揍一顿，我会觉得更痛快些，谁叫自己不争气呢！我不懂得关老爷败走麦城是什么意思，但爷爷的这番话，使我感到温暖而又愧恨。太丢人了，丢自己的，也丢大人的。

爷爷抚摩着我的头，让我仰起脸来。他抬起袖子往我脸上抹了一把，替我擦干了眼泪。又笑着说：“有志气的孩子不肯哭。去，把你的大字本拿来我看看。”

这下我有点高兴了。因为我念书虽不上劲儿，却喜欢描仿影。老师说我描仿影时用笔大胆，有点意思。这，爷爷是知道的。

我拿来了大字本。爷爷一页一页地翻着，说这一撇写得如刀裁，那一挑挑得有劲，这一点点得像桃子，我眼里的泪花开始漾出一丝笑意来。爷爷瞄了我一眼，在一页上停下来，指着一个"心"字说：

"这个'心'字，写得不好了。那中间的一点不要太靠上，也不能太靠下，不能偏左，也不能偏右，要点在正中间，这心才写得正。就像你念书，心要放在肚子中间，安心，专心，不能歪到这边，斜到那边，净想闲事。上学时，就得把心收回来，不能老想着喂狗养鸟，捉鱼摘瓜，心一乱，书上的字就跟着飞了。"

我笑了，笑得眼泪也弹出来了。我点着头，脸红红地，看着爷爷。爷爷说得准啊！春天时，我常在课堂上想着同一群小朋友唤着几条狗，戴着柳条圈，到麦田里蹿来蹿去；夏天时，每天一放学就一头扎到小河里、泡足泡够，该上课了，才精疲力竭地爬上岸来，到课堂上就得打瞌睡；秋天时，在课堂上总想着野地里偷摘香瓜的乐趣，用棉柴烧红薯的香味；而冬天时，总觉得寒假时间太短了。总之，学校以外令我牵肠挂肚的事儿多的是，都是有趣的。而念书的心思，常常是零零散散的，心不专啊。

吃饭的时候，爷爷对我爸爸、妈妈说："孩子不能娇惯！一个孩子更不能娇惯！新社会，肚里没有墨水成不了大器。从今后，让孩子跟我在一起睡觉。我来管。"

爷爷有爷爷的办法。每天晚饭后，他就来叫我，照例让我去替他买烟丝。他交给我一千圆钱（即一角钱），其中五百圆（即五分钱）买烟，剩下一半买花生或糖果之类零食。到了他的住室，他说："烟，我先不吸。花生你也别吃。先把功课做完，背给我听一遍，我再吸，你再吃。"

那时，我以为大人都是无所不晓的，毫无疑问，也认很多字。我按照爷爷的要求，写完作业，又把语文和常识背会，再背给他听一遍，爷爷点头说好。然后，爷爷坐在床上吸烟，我开始吃零食。最后，睡觉。

每天早晨，鸡子一叫，爷爷就醒了，老人的瞌睡少。等到鸡叫三遍，天微明的时候，爷爷用脚蹬蹬我，叫我起床。他让我坐起来，披上衣服，把昨晚背过的书再背一遍让他听听，然后就催我穿好衣服去上早学。

我开始养成了新的习惯。最初，是对爷爷奖赏的五分钱花生和糖果感兴趣。慢慢地，我习惯于在火光如豆的油灯下，静静地写作业，奶声奶气地背书，看着爷爷闭着眼听着，时不时点点头。这情景，在我的心境上留下一片温暖和宁静，我记得快而且准。后来，在爷爷的看护下，夜读，成了习惯。

我在学校的情况，也起了根本的变化。

从二年级开始，早晨，我总是最早到校的学生之一。早读时，把课本复习得滚瓜烂熟。时间用不完，就往下预习。上课的时候，每一想走神，我就想起爷爷说的那个"心"字的写法。这样，我大半个学期，就学完了一学期的全部课程。每次考试都能获得好成绩。我的名字开始写在成绩榜的前头了。三年级时，老师决定让我跳一级。跳级以后，考试成绩仍然在前头。

对于我的变化，老师和同学都有点奇怪，问我是怎么学的。我羞答答地说："我爷爷教的。"老师笑了。他知道我爷爷不识几个字，老人家怎么教呢？"他教我专心，一天不放松。"我不好意思说出爷爷最初用花生和糖果来吸引我。后来，老师亲自去问我爷爷。爷爷笑呵呵地说："七八岁的孩子谁不爱玩？你得想办法拴住他的心。我没有好办法，每天花五分钱。孩子吃了东西，我高兴；书念好了，我更高兴。"

我永远忘不了坐"红椅子"的窘态。我更忘不了爷爷，一个识字不多的老农民，劝导自己孙子时朴素、亲切而又含义深刻的话语。我常常记起在如豆的灯光下，爷爷闭着眼听我背书的情景。每想起他，我就下决心把功课学得烂熟，拿出好成绩让老人高兴。从此以后，直到大学毕业，我再没坐过"红椅子"。

瞬 间

    人的记忆是从什么年龄开始的呢？确切的时间常常回答不上来。如同社会历史的标记都是大事件一样，人的记忆也是一件件事情。所以，我们家乡的人把孩子记忆开始的时间称作"记事儿的时候"。

    我"记事儿的时候"，好像是从淮海大战开始的。大概是那场铁与血的战斗太惊人了，那情景就格外鲜明，深刻地印在我的脑海里。当然，我当时只有五六岁，我记住的只是一些从孩子眼里所见到的具体事情。

    有个一眨眼工夫发生的事情，永远留在了我的记忆中。

    那是战争刚结束的当口，当军队和群众清理战场的时候，敌军还不时来空袭，到处投掷炸弹。我家的门前就留下了间把房子那么大的弹坑。人们在欢庆胜利的时候，还时时提防着敌人最后的疯狂报复。

    有一天正做午饭的时候，我和哥哥妹妹正在屋山墙下玩琉璃蛋。说起这屋山墙，真是让人恨死了蒋军。那是蒋军溃逃的前夜，他们一把火烧毁了全村的房子，家家都只剩下"家徒四壁"了。我家也是一样。但孩子总是要玩的，尽管紧张形势还没过去，我们兄妹还是抓住一点间隙就弹起琉璃蛋来。

妹妹才三四岁，她老是弹不好。不是弹不出去，就是弹得太远，不能命中目标。这一次她一下弹出了好远，我和哥哥一边埋怨她，一边去拣琉璃蛋。三个人在地上连跑带爬地追到院子里。

正当这时，只听"轰！轰！轰！"几声巨响，好像天塌下来了似的，吓得我们三个抱在一起趴在了地上，然后又爸呀妈呀地喊叫起来。过了好大一会儿，才睁开眼睛，一看，才知道，又是敌机扔下的炸弹爆炸了。

"万幸呀，万幸！"母亲跑过来拍打着我们身上的尘土喊叫起来，声音里充满着惊吓和惊喜。

"怎么回事？"父亲大声地问道。

"你看！"母亲指着屋山墙下。原来炸弹的爆炸把屋山墙上的大块焦土震塌下来，堆了一大堆。这恰是我们兄妹三人刚才玩耍的地方。

"真是的！要不是我们刚才追那个琉璃蛋，俺三个都再不会喊叫爸爸妈妈了。"哥哥眼里闪着泪花说着，手里揉着琉璃蛋，好像那玩意儿真的是救命的宝物一样。

母亲用左手往哥哥的头上轻轻地拍了一巴掌，右手扯着衣裳襟子擦了擦流出的泪。我知道，母亲的脑海里掠过了可怕的一幕。这泪，是因为庆幸而流出的又惊又喜的泪。

可是，天下事无奇不有。正当我们一家人庆幸的时候，一个邻居诉说了刚刚发生的一桩悲痛的事。

大约正当我们在屋山墙下玩耍的时候，邻村的一位姓倪的农民看看屋里饭还没做中，就对老伴说，他要出去转悠一圈，看能不能拣点战利品，或者拾几泡粪。于是，他背起粪箕子顺着大路往我们村走来。刚到我们村口的时候，那飞机上扔下的炸弹正落到他的头顶，一声巨响，人影儿不见了。后来，见到在东南方向的一棵老树杈上挂着他的半拉毡帽，村边的一堵墙上扔着他的一条腿，真是惨极了。当他家老伴得知这噩耗的时候，嘴张着，眼瞪着，半天说不出话来，最后"哇"的一声哭起来，呼天抢地地骂着咒着："你为什么偏要这会儿出去呢？你是想找死的吗？"

邻居说着，慨叹着："也是的，他这憨大胆，也怪他太贪心，偏偏赶上了！"

"都怨这该死的中央军！临死还作恶！"

"这是飞祸！碰上了，躲不及的……"

在场的大人们议论着。

"什么叫飞祸呢？"我插嘴问了一句。

"小孩子，说给你也不懂。玩你的吧！"大人们说。

我好多年总觉得这事有点神秘，像谜一样。都是在这一眨眼工夫，我们兄妹三人因贪玩而避祸，那人却因贪点东西而遭祸。这是怎么回事儿呢？我想追索它的因果关系，想更明白地理解它。长大了，才知道，这事儿本没有什么深意的，一点也不神秘，只不过是生活中的一种偶然现象而已。

大概总因这两件事具有强烈对比意义，又是发生在同一瞬间的吧，它成了我的记忆里程的鲜明标志。每当想起我所经历的淮海大战，我就立即想起了它。一想起它，我就想到我那时快到六岁了。

进 山

　　我的家乡在豫东大平原上，方圆几百里都是一马平川，不要说山少，丘也不多。可在我们村子的北面，却有一座山。听大人们说，这山名叫宝贝山。有人纠正说，叫保安山。长大了，才知道，叫芒砀山，或叫芒山。山不大，倒是挺有名的。它和史书以及小说，如《史记》《三国演义》《水浒传》等上面的名人大事，都有些瓜葛。

　　其实，我们村子离芒山并不远，准确地说，只有十五华里。每天在村口桥头，或田野小憩，望北一看，那山的轮廓清晰极了。有眼尖的说，他能看见那山顶上的山神庙。逢到雨后初霁的时刻，有人则说，他看见有人在山腰挂起来的小路上走路，胳膊一甩一甩的。

　　山这么近，为什么不去看看呢？我央求大人，带自己进一次山吧。但平地里生活的人们，对山里怀有一种神秘和敬畏的心理。大人们说："望山跑死马。看着近，走路远着哩。一天也到不了地方，夜晚住哪儿呢？"作为孩子，一听这话，心里凉了，天天只能眼巴巴地望望山的大模样。

可是，急人的是，进过山的大孩子们，老是活灵活现地说："山里可神了，多少朝多少代的人，都住在那里。有位叫陈胜的，老百姓起事的头头，就埋在那里。还有汉朝的开国皇帝刘邦起事时斩过一条蛇，那块地方长出来的葛巴草，像血一样的红呢！尽管都两千年了，还是不变颜色。人用铲子铲一茬，再长出来还是老样。还有一个山头上住过大花脸张飞。最神的，是有一个洞，谁也不敢进，一进就出不来了。"

神秘的东西，是一种生命力极强的种子。一旦种进人的心田，任你怎样也挡不住它的生长，直到你揭开它的奥秘。特别是儿童的心田，都是好奇的种子生长的沃壤。一旦让他们接收到神秘的信息，他们的整个神经都激动起来。这种激动，会成为一种强烈的追求探索的欲望。

几个小伙伴经过好多次"碰头会"，约定去山里看个究竟，并且邀请了一个进过山的大伙伴当向导。

在一个星期天，我们进山了。

一行动，我们就发现：受了大人们的骗了。什么"望山跑死马"哟，这山离我们村近得很嘛！也许因为我们走起路来一溜小跑，约莫有三节课的工夫，我们就来到了山下。

进了山，先拣有神怪的地方看。

我们像要考证传说故事中的真假似的，先去找蛇血染红的葛巴草。在山间的一条路径上果然见到了一片。有位伙伴说，这算什么稀罕物呢！咱们在家割草喂牛时，也碰见过这种红颜色的葛巴草。当向导的大伙伴说，这石碑上写着呢，这里就是朝廷斩蛇的地方。大人们都说是这样的。其实，我们那里的大人们极少有谁读过《史记》的，他们根据的是传说。《史记》上说，刘邦以布衣提三尺剑取天下，路遇白帝子化为大蛇挡道，持剑斩为两段，那地方在丰县西边不远的地方，后人称为斩蛇沟。但我们那里的人却相信刘邦斩蛇的地方就在这里。不过，这本来都是传说，并无须也不能够定准孰是孰非的。我们那时是孩子，只根据我们的经验，来理解红颜色的葛巴草这种现象，全然不以为奇。对《史记》，对传说，对大人言，都不大理会了。

　　接着，去爬张飞寨。听大人们说，张飞一次在徐州打了败仗，跑到这里来避难，修了寨栅。路上想着，大花脸张飞是一员虎将，他占山为王的山寨一定也修得牢固。我们想爬上张飞扎寨的那个山头，出了一身汗，觉得那山头真不低。不过，到山顶一看，又失望了：寨墙都是不大整齐的石头胡乱垒成的，一段一段的，有的塌了，寨墙也断了。有人怀疑地说，张飞的本领也不高，这样的寨墙咋能挡住箭、挡住人。大伙伴又来解释，这寨墙已经一两千年了，哪能不坏？再说，张飞离开这里时，放一把火烧了，他怕寨墙被敌人利用。这张飞还真是粗中有细呢！我们的几位伙伴，那时谁也没有一点历史知识，没法争辩，也不会怀古，这些古迹，都留不住我们的脚步。大家很快从张飞的山寨上下来了。

下山以后，我们在两棵白果树下停下来。这有名的银杏树，要在科学家看来，是很主贵的了，那果子据说医药学家也很感兴趣。但使我们感兴趣的地方不在这里。我们先是惊叹它大。平原上没见过这么大的树，我们有三个小伙伴六条胳膊接起来搂着树身子量，觉得它太粗了。再就是稀罕它结的果子。因为没见过，不知能不能吃。最后决定每人拣一些带回去，让家里人看看再说。

看了这一切以后，大家坐在树下休息。可坐不住，几乎是不约而同地问："那个洞呢？快看洞吧！"

这是一个最神秘的处所了。向导领着大家朝着有洞的山腰爬去，兴致空前地高起来。

到了洞口，停下来了。进去不进去呢？进去出不来咋办呢？大家商议着。但意见很快统一起来：不进，来山里干什么？

小心翼翼地进了洞口，一看，洞里有人，也是来游逛的，还有一位老人，心里轻松了些。这洞倒不小，几十人也能容下。从洞口射进来的光线照亮洞口部分，人脸都看得清楚。只是洞顶上时不时地滴下一滴滴水珠，钻进脖子里，怪凉的，多少有点阴森的感觉。一时间，屏气敛息，都不吭声。有一位胆子小的，老是往后缩，回头看着洞口。

胆子大的伙伴带头往洞里边走去，一边走一边大声喊着，一来招呼大家，也为自己壮胆。只听他喊道："快来看，这里有条河，看看有鱼没有！"这一喊，大家的恐惧感消失了，你推我拥地挤过去了。

定睛一看，真的有条黑黝黝的水沟。看不清水有多深，偶有光点一闪。洞随着水沟往里延伸。带头的伙伴抬脚要跨过沟去。

"不能过！"一个年长的游客一把拽住了他，嘴里训斥着，"一过就回不来了！"

"咋啦!"大家都惊疑地叫起来。

"过来过来，我告诉你们。"年长的游客把大家拉到洞口有亮光的地方，诡秘地说：

"可不敢小看这条小沟，它名字叫黑水河。你看着好像只有一大步就能跨过去，可它是阳间与阴间、人与鬼的分界河。一跨过去，你再回过头来看，就变成没边没涯的大水了。"

"啊！……"

大家都吐了舌头，不知不觉把脚步退了回来，很快爬出了洞口。

可我一直纳闷。出了洞，我扯住那位年长者的衣裳襟子，问道：

"有人跨过去吗？要不，怎么知道回不来了呢？"

年长者很有把握地告诉我："有哇！有人过去过。有一年，一个响器班子办完喜事，路过这里。忽然天下大雨，他们进洞避雨。其中吹唢呐的胆子大，一步跨过了黑水河。他一过去，就发现回不来了，喊话这边也听不见。他只好吹起唢呐。唢呐一吹，大家以为是在召唤同伴，于是一个个都跨过去了。后来，这个响器班子一个人都没有回来。"

"那他们后来怎么样了呢？"有个伙伴听入迷了，问道。

"他们成了阴间的响器班了。住在这山腰和山脚下的百姓，夏天在场地睡觉，耳朵贴着地，常常能听见很远很远的地方，传来细细的唢呐声和鼓乐声呢。"

"啊哈！骗人！他们往哪里走？吃什么？你是怎么知道的呢？"一个小伙伴发出了一连串诘问。

"怎么会是骗人？千真万确。我是亲耳听我父亲说的。我父亲是亲耳听我爷说的。我爷是亲耳听俺村的老寿星说的。老寿星说他听他爷说的，他爷亲眼见过。"

那位年长者，郑重其事，一五一十地申说着。

我们都哄笑起来。我们中的那个胆大的伙伴说："下回再去，我一定跨过去试试。"

究竟怎么回事呢?

这段神话般的故事,成了我们回程时一路议论的话题,神秘的念头在每个小伙伴的脑海里盘桓。我也是好久都解不开这疑团。

当然,后来,这疑团消失了。原来那是一座汉朝封王的墓葬。沿着黑水河,开凿了许多空间。什么吃饭的、练武的、娱乐的、养马的等等,大概也是要仿照人间的需要建一座阴间的王府。顺着黑水河往里去,环山可以通到山的另一面,又一隐蔽的洞口。其所以要造出黑水河不能跨越的神话,原本是要用迷信吓唬人们,以保护封王的墓不受盗。据说,现在已经开辟为芒山一大景观,人们在游览洞景时,可以任意跨越黑水河,不必担心有去路无回路了。

即使这样,每当我忆起这次进山的经历和这些传说故事的时候,总在心里重新漾起孩提时代那种对新奇和神秘事物浓浓的追索兴味,那魅力一点也不减弱。

鸟 情

清晨，在郊野，遇到一位老人。他提着两个鸟笼子，两只百灵鸟在笼里蹦着，跳着，叫着。

"鸟儿为啥要放在笼子里？"我问。

"不然，它要飞跑的。"养鸟人答，他不屑地看了我一眼。

"鸟儿不是可以养熟吗？"我又问。

"小时候可以。养大了，翅膀一硬就飞了。"养鸟人说出了他的经验。

"我小时候养过鸟，它跟着我从夏天到秋天，又到冬天，我从不把它放到笼子里。"我也讲出了我的经验。

"看来你也养过鸟？"养鸟人半是判断半是疑惑地说。

……

我们的谈话没有继续下去。我心中有一阵轻微的激动。这激动，一是产生于我对这位养鸟人的疑惑，他养鸟大概是为了卖的吧。这激动，更重要的产生于谈话勾起了我儿时的一段回忆。

我的确养过鸟。

农村的孩子喜欢田野，喜欢树，喜欢动物。动物中第一喜欢狗。狗是忠实的卫士和伴侣，秋天撵野兔时，既是眼尖的侦察兵，又是追捕的先锋。除狗之外，就数鸟儿了。每年的春末夏初，小伙伴们就开始侦察鸟窝的处所，然后掏窝、喂养。平原上，名贵的鸟不多。黎明时叫得最早、最脆、最亮，俗称"黑老包虫"的，就算是上品了。这是极难喂活的，据说是气性大。容易掏到的是"小小虫"（麻雀）、斑鸠、"打场垛垛"(布谷)，鹌鹑是深秋以后才能捉到。掏到雏鸟并不难，难的是养熟。一个村子里，如果有谁养熟了一只鸟，常常会引起全村小伙伴们的尊敬和羡慕。

我养鸟有过两次成功。

第一次是养熟了一只麻雀。刚掏到的时候，它的羽毛尚未长齐，翅膀上只有几根粗粗的毛筒子，小嘴叉还是淡黄色的。我一直把它养到能够飞起来，用手一送，抛到几米高，飞一个圈子又落回我的肩膀上，或者草帽上。一旦这样的时候，我那个高兴劲，大约不亚于大人们完成一件发明或杰作时的激动。

但是，不幸的是，时间不长，灾难就来了。一次，我带着麻雀去割草。开始，它在我的周围蹦跳翻飞，捉蜘蛛和蚂蚱吃，样子很高兴。但不一会儿，它蹲在一片草丛的旁边不蹦也不跳了，只听见它"糟! 糟! 糟!"的叫声，有点声嘶力竭，甚至有点凄厉似的。我觉得不大对劲，急忙过去把它抓在手里，顶在草帽上，但不料它立即从草帽上摔下来。我捧在手心里，瞅着它，只见它神情变化很大：一向的欢快活泼，变得萎靡了，那有着双眼皮的眼睛老是不愿睁开，羽毛也拢起来，像是抖抖的。我觉得不好了，草也不割了，赶快回家。没想到，它"茶饭不进"，待到第二天早上，就再没睁开眼睛。此后有好几天的光景，我的精神儿好像也随它而去了，成天没精打采的。后来，大伙伴们告诉我，那一定是长虫(蛇)吸了它。长虫趴在草丛里，吸青蛙，也吸小鸟，最好吸麻雀。那一天长虫虽然没有把麻雀吸到嘴边，但经这一吸，麻雀的肝胆吓破了，精神垮了，只有死。为了这一层，我至今恨死蛇。

我的更大的一次成功，是我上小学一年级的时候，养熟了一只山老鸹。

那年麦子黄梢的时候，父亲从外地挖河回来的路上捉到一只山老鸹，是个雏儿，还不会飞。父亲说："你爱鸟，给！"我一看，不高兴了："这不是老鸹吗？不吉利的玩意儿，谁养它啊！"父亲说："这不是一般的黑老鸹，这是山里的老鸹，白脖。"我又一看，真的是白脖老鸹，与平原上通常飞的一般黑老鸹不大一样。我心里有点动了。这时，母亲又插过一句话说："老鸹有什么不好，不就是黑点吗？人长得丑不一定心就不好！人都说老鸹通人性，有良心。老老鸹蜕毛的时候，不能飞出窝，小老鸹就衔食给妈妈吃。光这一条，就该受人尊敬哩！"母亲的话我总是喜欢听的，况且这道理也怪打动人心的。于是，我决定养它。

我在院子里的石榴树枝杈间横放一根树枝，固定起来，算是它的卧室。我每天一放学就去捉蚂蚱喂它；有时，我也吐给它一两口馍；偶尔我得到吃鸡蛋的机会，也少不了它一口蛋黄。大概山老鸹的祖辈都过惯了艰难日子，生命力特别强，我这样简单粗疏的喂养，它居然长得很快，很顺利。不到放暑假，它已经快长成了。

大人们说，丑儿子父母也爱。那时，我是不大懂得这个。但当这只山老鸹在我手中长大以后，我逐渐觉得，它虽说不上美，然而也不比谁丑啊。小小的麻雀就比它威风吗？肥笨的斑鸠有它轻捷吗？燕子，"黑老包虫"，不也是浑身黑吗？黄鹂毕竟不像这家伙有丈夫气概。你看它那黑缎了似的羽毛，雪似的围脖，黑漆似的眼珠，腾跃翻飞的轻捷身影，它究竟不比谁差什么。它是一只真正的鸟。它应当有人爱！我真的有点爱它了。我给这位鸟友起了绰号叫"老黑"。

大概人一爱上了什么东西，就会用心保护它。由于麻雀遇害的教训，我想法防备野东西伤害它。夏天的傍晚，我常常睡在石榴树旁，把床头挨着它蹲踞的横枝。夜里有雨，我就把它放在我的床头旁边。大概也像大人们说的"以心换心"吧，时间一久，这家伙对我好像有了感情似的，有几件事至今难忘。

每当我出门的时候，它总是跟着，它不像狗一样尾随身边，而是不高不低地飞在天空，同我大体平行地前进。我在地上，它在空中。有时我停下来玩耍或做事，它就在天空盘旋，或停在我附近的树枝上。有一次母亲让我去担水，我刚答应过母亲的呼唤，挑起水桶，它已经飞出院门；我到了井边，它正落在井旁的柳树上；我把水担到家里时，它也飞到了门楣上。

后来，开学了，我遇到了作难事：我去上学，把它放在哪里啊？放在家里不放心，带到学校又要受批评。开学头一天上学的时候，我一步三回头地看着它，真是难舍难分。但我终于坐在课堂上听讲了。就在这堂课上，发生了一件轰动的事。

当老师叫我回答问题时，我刚答应了声"到"，只听"啊"的一声，一只鸟儿飞到了我的桌子上，跳到了我的肩膀上。我一看，正是我的"老黑"。

我像看到一个闯了祸的亲人一样，同情、理解又夹杂着担心。我顾不上老师是不是批评我，一把抱住它，用下巴颏抚摩着它的缎子似的羽毛，我真想问问它是什么时候来的。不过，我立刻想到，一定是它尾随我飞来，停在了教室门口，听到了我的声音，误以为是我唤它，从教室门楣上的空隙中钻了进来。

我的眼睛潮湿了。我想起这是在课堂上，赶紧向教室门口

落脚处即
是故乡
中原冯杰
癸卯秋

两手一送，让它飞出了教室。我等待老师的批评。可老师没有批评我，他怎么能怨一只不善于控制自己感情的鸟儿呢？我偷偷地瞅瞅同学们。我发现，同学们眼里不只有好奇，更多的是羡慕呢！

我真想象不出，鸟儿的小小的心脏和小小的脑袋是什么样的构造，同人类有没有一点相似又相通的地方？

秋天枣子熟的时候，对孩子们来说是好时节。但很遗憾，我家没有枣树。每次从村子边的枣树林走过，看见那挂满枝头的鸡心似的红枣子，都禁不住直咽口水。我等着人家正式收打以后，去搞"小秋收"。

我的"老黑"似乎看出了我的心思，有一次路过枣树林的时候，它突然从我的肩头飞去，顺着我的目光，直奔枣树林，落在了最大的一棵树上。然后，我就看见又大又红的枣子"噗噗嗒嗒"落下来，原来它用尖尖的嘴巴一口一口地叨断了枣子的把儿。我连忙跑到树下。农村的习惯，自动落下的枣子是任人拾取的。我饱吃了一顿，又把外衣口袋装得满满的，然后"啊"的一声把它招呼走了。

这次成功的"联合行窃"，我至今想来好笑又好叹，难道鸟儿的心真的通人性吗？我和"老黑"之间的对话，从来都是最简单的音节"啊"，但中间似乎逐渐形成了什么扯不断的联系了。

从夏到秋，以至于初冬，我们几乎是朝夕相伴，形影不离的。但后来终于分手了。想起我们的诀别，真是令人心酸。

初冬，我害了一场病，有几天顾不上照看它。病好以后的第一天早晨，我起了床，就到石榴树跟前去唤它。但是，不见了。整个院子找遍，也没找到一根羽毛。我"啊、啊"地喊哑了嗓子，也没见影子。我一直追问父亲几天，也没有一点线索。

我好多日子都丢了魂儿似的。难道它长大了就会不吭声地飞跑吗？可它早已长大了，为什么一直不飞跑呢？是不是它不知道我生病，抱怨我怠慢它了呢？这闷葫芦一直在我心里装了很久。

今天，看见了这笼中的鸟儿，我又想起了它。我心灵的一角为它而保留的记忆，经过几十年，又鲜明地浮现了出来。

我说不清这是人情，还是鸟情，抑或二者兼而有之？但我儿时的闷葫芦现在是打开了：它后来离我而去，岂不是值得庆幸的吗？我爱它，应该让它自由。鸟儿的极乐世界是天空，"天空任鸟飞"嘛。它飞向了辽阔的天空，我的心应该感到高兴而又安宁了。

童 心

　　做父母的，有时候也怪。"娇儿不离膝"时，爬上爬下，要这要那，闹嚷嚷的，免不了心里发急。可一当见不着孩子时，又禁不住要想他们。昔日的一副副憨态傻样，都成了绝美的图面，浮现眼前，萦绕心头，拂也拂不去。曾经讨人烦的闹嚷嚷，似乎也成了一曲曲具有喜剧味儿的乐曲了。人说，孩子是父母的连心肉，一点也不假。

　　这种感触，是我这次出差远游一再体验过的。今晚月色溶溶，清风习习，我漫步在公园的曲径上，不由得又想起了儿子小勇。真怪，他的面庞出现在脑海里时，竟然比亲眼看见时还清晰、新鲜。一串串小事，就像这夜空的星星对着我直眨眼睛。

　　小勇刚上小学那会儿，一次吃饭时，我开玩笑地说，谁能找到最简练又最能代表小勇性格的语言？话音刚落，女儿搭了腔："'我饿！'是他的口头禅。'好吃'，是他的特点。"全家几乎都笑了，说找得准，一点不错。小勇每天放学回来，一上楼梯就大喊："奶奶，我饿！"回到家，钻进厨房，先把吃的东西塞满嘴巴，再去放书包。这声音，这情景，大家真是司空见惯了。

可奶奶却不赞成，辩解地说："你们的话可不全面。饿就是饿嘛，他小小年纪抽那么高的条。再说，他吃完东西就去写作业，不写完就不出去玩，可有心劲了！"

孩子爱吃，这算什么缺点呢？其实奶奶不辩护，大家也理解。谁不是打孩提时代过来的！

去年秋天，我到南京开会。临走时，小勇嘴对着我的耳朵，悄悄地请求我给他买双白球鞋。我问他，为啥非要白球鞋？他说，带劲！我答应了他。

他的要求使我想起了我孩提时代的一件往事。

我的家乡是淮海战役的中心战场，战后有人在战场上捡到一些军用胶底力士鞋，穿着很神气。但遗憾的是，战场上捡不到孩子可以穿的那种鞋。我羡慕极了，就要求母亲仿照着做一双。母亲真的答应了，用军用帆布做鞋帮，纳很厚很厚的鞋底，并且在印着"回力"商标的地方，绣上了"学习"两个字。这双鞋使我神气了很久，至今难忘。

当小勇接到我给他买回来的鞋时，他先是眼睛一亮，接着两颊都红了，低着头，穿上试了试，又脱下来，包好，交还给我，说："爸爸，我不穿，等到上体育课时再穿。"我说："穿

道路的折叠

癸卯初中原 冯杰

吧，放放又要小的。"他还是交给了我。第二天上学时，他又拿出来看看，又包好，放起来了。我看见这情景，知道这小子心里翻腾着多少念头啊。

可到了中午，发生了一件有趣的事。

我正在午休，梦中听到有人小声叫我，原来是小勇在我耳边。我问："有事吗？"他先嘿嘿一笑，脸红了。"什么事？说呀！""下午没有体育课，有课外活动。""啰唆！有课外活动就去活动嘛！""嘿嘿，我想把我的脚变成小白蹄。"我听懂了，一下子睡意全跑了，我抱住孩子，亲了亲他说："去，把白球鞋穿上，只要得劲，什么时候都可以穿。"他拿起球鞋，一溜烟跑了。

"小白蹄！"亏他想得出来。多可爱的孩子啊！

每当为孩子买衣服、鞋子时，做父母的，分明感觉到孩子又长高了。但孩子的"心"是怎么一天天长大的呢？却未必知道得那么分明。

有一席话我一直忘不了。

一天，小勇忽然问我："爸爸，人心有软硬吗？"我不知怎么回答他，"大概……可能有吧。"我支吾起来。可他郑重其事地告诉我："我小时候（他总认为自己长大了），心可软。我一看到哥哥挨批评，我就要护着他，劝劝你和妈妈'别吵别吵'；可后来，我挨批评的时候，哥哥在一旁高兴地笑，有一次他还拍手，我恨死他了。他再挨批评，我就不管了，该倒霉！现在我的心硬了。"

嗬！这番话简直引起了我心灵的震动，我把孩子的心看得太简单了。

还有一次，一位朋友从外地来，开玩笑地说，小勇本来是他们家的，该让他们领回去啦。我们说，好啊，我们正不想带呢！该跟你亲爸妈去。小勇不好意思地笑了。可这番谈话却被小勇的哥哥作为"重大新闻"，跑出去给他的小朋友传播，以开小勇的玩笑。谁知他哥哥的"小广播"被小勇听到了。小勇立刻逼着哥哥回家，并说："等着瞧吧，告诉爸妈，有你的好事！家里说着玩的话，你到外边乱说。"到了家里，我们听了"原告"的这篇状词，心里别提有多乐了：这孩子能分辨出真话、玩笑话，知道说话要分场合了。我又一次觉得，这个刚八岁的小不点儿，有时也不得不刮目相看呢。

有了这种感触，我不断地发现，孩子真的一天天在长大了。

他开始理解大人。当小勇知道奶奶腿部关节炎发作时，他放学回来，总从楼下带回几块煤来；他不时地拿着扫帚扫楼梯，并且告诉奶奶："这小事让我干吧，别累着你的腿。"有时奶奶下楼梯的时候，他急忙走到前面去，让奶奶扶着自己小小的肩膀；有时奶奶歇着，他就去抚摩抚摩奶奶的膝盖。母亲常常情不自禁地说："我带小勇，带值了！他懂大人的心！"

想起这一切，我心里一阵激动：孩子，我更爱你们了！过去我写文章引用过黑格尔的一句话，他说，人是一个完整的世界。可我要问，孩子呢，童心也是一个小世界吗？是的，童心，它是那样的纯洁、单纯，又是那样的丰富和生动。这是一个水晶般的世界啊！

当爸爸妈妈的，你理解自己孩子的内心世界吗？

成　长

"妈妈，我和你比一比，看谁高？"

女儿又要和妈妈比个头了。

真的，这孩子才十七岁，已经比妈妈高半个头了。

当女儿和她妈妈比个头的时候，在我的面前，幻化出一个序列的由小到大的叠印镜头：

那是女儿从小不点儿刚会走路，从她的小脑袋刚好靠在她妈妈的大腿旁，到齐腰，到齐胸，到齐肩，到顶住下颏，到顶住鼻尖，到擦住耳朵，到一般高，到眼前一个定格的活生生的细高个的女青年，一个高中三年级学生。

妻子喃喃地说："好像不知不觉，一晃似的，怀里抱着的娃娃长成大人了。光知道衣服年年短，鞋袜年年小，谁料想，变来变去，就变成个样儿了呢。"

这是一个做母亲的感觉。可在我这做父亲的记忆中，孩子的成长却是另一串画面。

女儿是在家乡农村出生，童年也是在那儿度过的。我在城里工作，每年见面的机会总是有限的。也许因为见得少，感觉新鲜，那印象反而异常鲜明而又深刻。

女儿将近两岁的时候，为了断奶，我母亲带她到城里来小住。我到车站去接她们。我很远就看见了她们，就一溜小跑迎上前去。当我伸开双手去接女儿的时候，我听见一声细细的羞怯的声音："爸爸！"

这是平生第一次听到这样的呼唤，我的整个灵魂都感到颤巍巍的。

我抱着孩子，亲着她的小脸蛋。女儿一点也不认生，用额头轻轻地抵住我的下巴颏。我母亲当时就夸："孩子真聪明，小不点儿就认得爸爸。"后来，这成了老人对人家夸孙女的材料。我后来冷静地一想，也就笑了。女儿绝非未喝迷魂汤的神童，之所以这么小就认得爸爸，是因为母亲带着孙女在路上"爸爸，爸爸"地念叨来念叨去的，所以一看见我就喊爸爸，这不是很自然的吗？

女儿也果然可人。在我的住处住下以后，先是一切都感到新奇，迈动小腿跑来跑去，睁着一双乌黑的大眼睛这儿看看，那儿瞅瞅。然后，她发现我住处门前的一排槐树。时值深秋，正是落叶满地的时候。在她的想象中，可能又是在农村老家了。于是，每天吃过饭，就拿一把小扫帚跑到树下把树叶一片一片地扫，一小堆一小堆地堆起来，然后又用宽大的杨树叶子做运输工具，把小堆合成大堆。细细的汗珠从额头渗出来，用袖子一抹拉。一连几天，这成了她的"功课"。有一位年长的同志发现了，就问她："妞妞，扫树叶好玩吗？""树叶能烧锅。"孩子答道。这同志高兴极了，逢人就说："在农村长大的孩子到底不一样，在童年的意识中就知道了劳动的意义。他们把游戏和劳动结合起来了。玩得有意义！"我说他把这事"拔高"了。孩子的天性是玩耍。至于意义，是大人们发现的。

女儿断奶以后，就送回农村跟着爷爷奶奶。爸爸妈妈有对女儿娇惯的，但爷爷奶奶几乎都对孙子孙女娇惯。该上小学了，女儿还几乎没有任何知识性的学前教育。小学的头一学期，学校门对她简直像老虎嘴一般可怕。数学的"1"和语文的"一"为什么不一样呢？而且竖着不容易写直，横着就更难写了；8+3和5+6怎么也算不准。女儿害怕起上学来了，非得要奶奶陪着一起去，坐到课桌跟前。母亲也真耐心，就陪着去了，还陪着放学回家。回想我上小学时，父亲母亲都才二三十岁，他们是断然不可能这么做的。

孩子放学回来，作业更是难上加难了。这时候，爷爷的智慧用上了，一看见孙女眉头皱成一小把，就拉着她到院子里数蚂蚁。要不，就说："不写了，学'羊抵架'吧。"爷爷知道，这是孙女的拿手好戏。三四岁时女儿跟着爷爷放羊模仿到的这套表演很逼真：先是小脑袋一缩，两臂往前一伸，身体微向前倾，然后双脚向上一跃，活像只小山羊。无论什么场合，每表演一番都要受到一阵喝彩。喝彩以后，孩子则像举人中了状元似的高兴。孩子表演了一通"羊抵架"，得了一通夸赞，她那小眉心也舒展开来，眼睛也亮了。然后祖孙二人再一起算五只羊加五只羊再加一只羊，很快算对了。他们再从粉笔、扁担那里学写"一"字，从天上的大雁那里学写"人"字，从伸开两臂站着的人那里学写"大"字。孩子的兴趣来了，作业就轻松地完成了，学校的大门也由老虎口变成乐园的入口处了。女儿再也不让奶奶陪着去上课了。

女儿九岁那年，我去接他们，把户口迁到城里来。父母亲是一则以喜，一则以忧。母亲抚摩着我家堂屋门前的泡桐树，问我：

"你看这树长多大了？"

母亲这话，使我忽然想起九年前女儿还在襁褓中的时候，天气热，常常把她的小床抬到院子里。那时候这棵泡桐树刚有一把粗，最粗的一枝伸出来的宽大的树叶还遮不住小床。布老虎、布娃娃和一把小阳伞就挂在树枝上，孩子抬眼就能看见。现在这棵树的树荫已能遮住半拉院子了。母亲让女儿过来抱抱这棵树的树干，女儿伸出两条小胳膊还合不住呢。

"树长大了，妞妞也要走了。" 母亲说着，就扭过头去，走开了。女儿喊着奶奶，扯着奶奶的胳膊跟了过去。

我觉得，孩子开始理解大人的心了。这种感觉，在女儿同我常年生活在一起的时候，更加经常地感受到了。

有一段时间，妻子因事外出，家里只剩下我和女儿两个人。一日三餐成了顶麻烦的事。我的工作很忙，常常开夜车，早上起不来。女儿大概看出了我的窘境，她下午放学回来，既不跳皮筋，也不玩别的，而是抓紧做作业。吃了晚饭，在邻居的帮助下，一边看书，一边卤鸡蛋，弄好放着第二天早上吃。而第二天早晨，当我醒来的时候，孩子床上的被子早已叠好放在那儿了。原来她已早早起床，打开煤火把稀饭煮好了。

有一次我不在家，从老家来了一位客人，等我下班将要走进家门的时候，我听见女儿在和人说话："俺妈不在家，我也不会做饭，简单地吃点吧。"我一看，她正和客人一起包馄饨呢。虽然待客无菜，但孩子对客人的亲切、家常，使客人十分感动。后来女儿学校的老师来家访，向我说起个情况：孩子最近有一次在课堂上打瞌睡。老师问她，你历来听课很专心，今天为什么打瞌睡呢？孩子答道："妈妈回家了，爸爸太忙，我早上起得太早了。"我听了这话，眼泪不由得流了出来。一个十岁多的孩子，太会体贴大人了。

孩子的成长并不是直线的，总是免不了起伏和曲折。女儿小学毕业，以优异的成绩考上了重点中学。不少人夸赞她，她有点飘飘然了，悄悄地对我和妻子说，人家都说我是咱家最聪明的孩子呢。那时，她几乎见啥喜好啥。在她的小脑袋里，像流星一样地闪过许多念头，而且都是有名堂的。

她说，我长大了演电影，人家说我的形象适宜上镜头；有时又说，演电影没多大意思，新闻记者最棒，走遍天南海北，用笔对着天下发言；看电视时，她又想，将来考广播学院，天天在电视荧幕中出现，让爸妈天天能见到；有时又说，最雅的是当一名翻译。真是花团锦簇的前程，丰富多彩的理想。在家里经常可以听到她叽叽喳喳的声音和无忧无虑的笑声，好像整个世界都是让她来任意安排的，我们不无担心地一再嘱咐她："好学校不一定都出好学生啊！"她口满地说："保证落不了后。"

可是事情单打话上来。初中一年级期末，她耷拉着脸噘着嘴回来了。我们问她："和谁吵架了？""没有。""那怎么回事呢？""明天要开家长会呢！一去就知道了。""那我们现在就想知道。成绩册呢？"她磨磨蹭蹭拿出成绩册。啊，原来一门刚及格，其余的也一般。

打败仗了，怎么办好呢？女儿流着泪，咬着嘴唇，等着我们批评她。

可我们并没有劈头盖脸地骂她一顿，而是让她好好想一想在哪里跌倒的，想好了自己讲。

我们找班主任了解情况。那原因并不复杂，自己很快找到了：经常和几个女同学嘀嘀咕咕山南海北地聊小新闻，课余时间浪费掉了，课堂上也不专心。"好！知错就改仍是好孩子。"我们鼓励说。

女儿的学习没有因此滑下去。就在那年暑假，我看到孩子很长时间抱着两部书在读。一部是方志敏的《可爱的中国》，一部是《居里夫人传》。孩子开始变了，初中二年级一开学，就像换了模样似的。

过去常和弟弟妹妹打打闹闹，现在这种事少了。开始像胸有成竹的学生一样，井井有条地安排自己的学习：早晨的锻炼，晚间的自习，有点像定时的钟了。同院的人有时向我打问："你家女孩住校了吗？怎么看不见她了呢？"

我们暗自高兴，能把吃败仗当成前进的动力和起点，这表明，孩子性格中又增加了坚强的东西。直到高中二年级，以至最近，她的成绩不断名列前茅。人们的夸赞又多起来，不断有人说："这孩子考上大学没问题！"但这次，她对待夸奖的态度与初一时也大不一样了。

有一次我在外地收到孩子一封信，她写道："周围人总是夸我，其实看看我的同学，哪个都有值得我学习的地方。谦虚才是真正的伟大。"

还有一次，她妹问她："姐姐，你的日子可是最快乐不过了。""为什么？""优等生嘛！"可是这孩子却对妹妹说："你才是只知其一，不知其二呢。你不知道，每当宣布我得了好成绩，九十几分或一百分，我一点也没有那种陶醉的心情。相反，倒觉得很紧张。你想，这简单的分数就能说明问题吗？其实我自己心里明白，学习上的漏洞还不知有多少呢。再说这还是在一个班里，要是在全校、全市、全省、全国呢，不知道要差老鼻子呢！有时我真发愁，要是虚假的分数掩盖了我真实的不足，那才是可悲呢！要是把这一点点成绩同时代的目标比起来，又算得了什么呢！要想在将来为祖国贡献一分力量，我们现在需要做多么充分的准备啊！我心里总是怀有这么一种'健康的忧愁'和'伟大的渺茫'。"

听了这段小大人式的话语，我心里不觉一震：这孩子不光能正确地对待失败，也开始对自己有了批评的眼光了。她不满足于一个好分数，把对自己要求的标杆也定高了。

"健康的忧愁""伟大的渺茫"，多有意思！这不正是一种切切实实的志气吗？

人到中年以后，在家庭生活中，也许没有比看到子女的进步和成长更令人愉快的了。孩子要是也能理解大人的这种心情，该怎样加倍的努力啊。

看着一天天成长的女儿，我这样想。

彩 虹

对于人来说，最宝贵的东西，莫过于一颗心。因为它可以珍藏人生最宝贵的东西。

我忘不了八年前的一次经历。

我到离家一百多公里的一个山区宾馆，等待女儿高考录取的结果。等到第七天上，有一位老同学送出一个纸条到我手里，我看到五个草字：

"北大已录取。"

我当时有一阵子思路有些凝滞。我一下子觉得那张纸条是五块金砖，是五部大书的分量。

薄薄的有些皱了的一片纸那样沉重，几个匆忙写成的字那样妩媚而有力。我平生虽以笔墨为生，还没有过这样的体验。

我心中立时生出一种念头：马上回家。

我扭脸抓过一位朋友的自行车。本来我骑车总是慢悠悠的，这时一抬腿，车子已经射向了山下。我几乎感觉不到是骑着自行车，只觉得在飞。

天气燥热，一团黑云从山中涌来。天变暗了，又由暗转成灰黑。雨点乒乒乓乓，而后哗哗啦啦，大雨唰唰唰地倾下来了。

我打心眼里需要这雨。我脱下长裤，只穿短裤汗衫，任凭雨水在身上纵横。路上行人急惶惶去躲雨，用异样的眼光看着在雨中狂奔的我。我忽然想笑：这样难得的天池清淋，偏要去躲，活得太仔细，是一种蠢！

我想起儿时，每当雨雪天气，尤其是夏天暴雨骤至，我总是要冲到雨帘之中，最快意的是脱光肚，享受雨箭的射击，那真是痛快透了。

我又想起上大学时，有一次郊游，忽然遇了大雨，别人都跑，我仍然从容地漫步，然后把衣服脱到只剩一只短裤，笑着叫着跳着，张开双臂欢呼。在雨中我看到一只鹰在飞，我觉得那鹰就是我。

想到这里，我觉得通体都透亮了，脑海的沟沟回回都被冲洗个净。平常我骂过一种假说是十足的胡扯，这时我想起了它，觉得没准有理。那假说怀疑人类目前生活的空间是一个大海，我们现在叫作空气的也可叫作水，如同人类看到的海洋生物也以为自己在空气中一样。在雨中，我觉得自己成了鱼。兴许我们就是鱼。

全是愉快的联想，全是清新淡雅又富刺激的脑海荧屏形象。

自行车在高高低低的山区公路上，好像行驶在平原的一级公路上。

不知多大会儿，在我的视线内，一片青天像刚洗过脸的童男童女，广阔无垠地展现出来。

天晴了，我想，接着就感到背后有一片暖意。的确，晴了，我确认。八月初的夕阳还是热的。

晴了好，天晴好回家。天，太可人了。

眼前闪亮了一下，空气的透明度提高了。简直如变戏法，一眨眼，一条非常长又相当宽的彩虹出现了。

因为一条虹，整个天空都色彩斑斓起来，这是一条鲜花的河流在流淌。几乎可以闻出天空流泻出来的花香，一种在全宇宙弥漫的清芬。

彩虹移到我心里，占满了我心的空间。闭起眼来，更其鲜艳。

忽一下，一个更新的意象跳出来：一条神奇的七彩拱桥，从遥远的北方天际一条长弧连接到南边大地。

那不正好是从北京连到中原我们家的一条彩桥吗？

这个意象接通了一个神秘意念：这真的是一座桥呢！一座通向理想的桥，一座通向外部世界的桥，一座接通中断了的理想之桥。

不知是不是人人都有一点神秘的潜意识，平常被掩盖起来，了无踪迹，但一遇到什么特别的机会，它就从冥冥之中倏地跳出来，由潜而显，往心里屏幕上猛撞。我迷迷糊糊地看见女儿正从桥的南端颤悠悠地走到北方，走向远方。

我来等女儿录取的消息已有几天了。我的性格尽管一向被称作沉稳，但为了女儿的录取，我在家里再也平静不下来。女儿的高考好像是我的高考的继续。我心里老想着一件事，像暗地里押一宝：我的未曾实现的夙愿看样子要由女儿来实现了。

这是一点隐曲。

我高中毕业时的第一志愿是北京大学，但复习时我得了严重的眼病，差不多到了考试前一日眼病才见好转。我每天闭着眼躺在宿舍里，怀着一颗焦灼的心，听同学们读书，参加一些同学的讨论。我本以为完全无望了，可到头来还是得了参加考试的机会，但第一志愿落空了，结果考上了一个普通大学。我一直耿耿于怀，隐隐抱恨。我把希望寄托在孩子身上，我暗暗地说："要让孩子为我报那次北大落榜之仇。"

女儿报考志愿时，全家人都跟着忙活起来，遇到了选择的困惑。女儿的成绩不错，但还不算最好。这高考报志愿，有两种情形好办：考得很差与考得特好。前者不用选择，后者可以自由选择。考得较好是难办的一种：报一般大学不想上，以为亏了；报最好的学校没把握，怕高不成低不就，高分反而落榜。女儿把报考方案做了十几种排列组合，愈排愈委决不下，中间抓阄儿的办法也用了，最后只好请她自己决断。她尊重直觉，最终的选择还是最初的意向：北京大学世界经济专业。女儿的理想正合爸爸的愿望。

但是，全家人的心一直在悬着，我嘴里只能说有51％的可能。我和全家在等待着命运的裁决。

具有决定意义的这一天早晨，我自以为先得了一个暗示、一个吉兆。

清晨五时许，我就起了床，在招待所门前溜达。我心里想做点什么事，刚好有一个体户在卖折扇。博爱县出产的这种折扇确实可称价廉物美。黑油纸上印了各种花卉，还题了字，只要三角钱。我想正好借机算一"卦"，于是伸手任意抓了一把。打开一看，一阵惊喜掠过：一枝怒放的梅花，枝上昂首立着两只喜鹊，长长的尾巴，旁边题了四个潇洒的草字：喜上眉梢。好！我付了钱，握着折扇轻快地走了。

几个小时以后，应验了：不仅喜上眉梢，而且狂喜心头。我仰望彩虹，心想真有超自然的东西在安排人生吗？我打趣自己高兴得迷了。假如"喜上眉梢"的折扇，暗示了今天录取的喜讯。那么，这彩虹呢，难道没有理由相信它是女儿人生道路和辉煌前程的隐喻吗？

我很庄严地认为：我的直觉是对的，应当肯定是这样的。我相信直觉。

回家的路上，我整个沉浸在憧憬或者陷入回忆之中。女儿的十八岁历史在脑海中重现。小时的娇气憨态，在我的脖子脊背爬上爬下，上学的起伏曲折，鼻涕眼泪欢歌笑语，全变成了一首长长乐曲的音符。女儿成了我欢乐的符号，成了我幸福感的一个源泉。

车过黄河大桥时，我眺望灿烂的夕阳、凝重的晚霞，和浑涵深厚、宽广无际的河水。我又一次想到天。

"黄河之水天上来"，一句反科学的错话，恰是一个真切的感觉。

车轮和车轨摩擦时发出的节奏感很强的"嘎嘎哒、嘎嘎哒"的声音，在我脑子里全变成"天上来""天上来"的词句。

将进家门时，喜讯带来的狂潮已经隐退到我心底深处了。当我深夜叩响家门的时候，全家人一起跑来开门，他们都没睡。我想好要制造一次跌宕起伏的喜剧。

我用力把嘴角拉下来，皱起眉头，呆滞着眼珠，再把眼皮奋拉下来，露出一副败象。我想先把大家推入谷底，把情绪的热度降到最低点。

最敏感的当然是女儿。女儿跑过来几乎要抱住我的脖子。

我心软了，再也忍不住了。我把那把折扇扔给家人：猜猜吧。

还是女儿敏感。一打开折扇，她就跳了起来："爸爸，我考上了！我考上了！"

用不着我再去描述以后的情景。自那以后，已经过去八年。女儿北大毕业后从事财政外事工作，已经随团出访过四大洲的十多个国家，现在正在大洋彼岸攻读。

我心里经常重现那天的彩虹。每当收到她的信和电话，我都想到那条彩虹。那条连接着女儿和我的彩虹，连接着世界与我们全家的彩虹，连接着现在及未来的彩虹。最巧的是，我的女儿的乳名叫红彩，奶奶说她是踩红而生的。我实在估量不出，彩虹，红彩，你涵蕴着我人生中多少珍宝！

八年之后，我所以袒露这一切，是想倾诉这样一种心情：子女的成功所带给父母的喜悦，是超出于父母自己的成功的。做父母的未必要求子女报答什么，但子女对他们的安慰具有何等大的力量，子女们该知道。

父亲心中的诗

　　每一个做父母的，在内心里都会留下关于孩子的种种记忆。

　　少不更事时的孩子，各种鬼头鬼脑，憨态傻样，以至胡诌八扯。因为是无忌的童言，因为是被上帝豁免的错误，因为当时意想不到，始料未及，或者怒不可遏，雷霆震怒，而刻入脑海，存入一个父亲的记忆档案。

　　这些记忆，不断地被回忆，诉说，蒸发，以至酿造，久而久之——这个"久"大概要延长到孩子成年以后，在日渐进入中老年的父亲心中，对于孩子的一切都能够理解和宽容的时候，这一切就可能，或者已经，"化"成味道浓郁的诗了。

　　……

　　我忽然涌出上面这些思想，是因为我在某一刻突然忆起儿子小时候的一个"伟大"发现。

　　是的，"伟大"发现，我当时确曾这样称赞过。

我有两个儿子，这是关于大儿子的。那是在二十一年前的儿童节，当时大儿子七岁，正在读一年级。在饭桌上他突然说：

"爸爸，我发现了一个情况。"

我问他："什么情况？"

他笑着说："你的头发分开的地方，是一条路。路两边的头发像树林。"

我当时没有说话，高兴得眼睛突然发亮地盯住他，直让他羞得小脸通红，以为自己说错了什么。我那一刻真有点"担心"：这小子竟有这样出奇的想象力和表达力，将来会不会成为诗人或者小说家？

这当然是自己心里的玩笑。

不过，这个小家伙对语言的感觉有点像是一种天赋似的，他总是在寻找"特别的"说法。

在一次为我母亲祝寿的生日宴会上，大家都选择一些现成的吉祥话献给老人。最后轮到他了，他站起来大声地说：

"我祝奶奶活得长！"

母亲是农民出身，对孙子的话没有感到怎么刺耳。倒是有高学历的亲人立马对他说：

"你看你！……"

似有埋怨他说得"不雅"之意。

他却十分坦然地申述：

"咋？我说得不对？我就是要和你们不一样！"

从此以后，孩子的谈话常常引起我如心理学家所说的"有意注意"。我高兴时，就在旁边偷偷做笔记，而且事后我常常一个人读这种笔记，禁不住一个人哈哈大笑。有时和妻子一起读，也往往引得她忍俊不禁。随着年纪大起来，我更有点像读诗歌、小说一样地读它们了。

下边是我记下的大儿子初中时的故事。

孩子已经读初中了，我和妻子还不大注意他们的服装仪表，坦率地说，当时也没有经济条件去注意。只是，也只能按照当时的家庭收入状况，随意地让他们穿得冬天暖和一些，其他季节大体整齐也就是了，有时是连整齐也做不到的。至于是否入时和出众，根本没有想过。有什么办法呢？没有能力顾及。

错误的是，我们以为孩子也和我们一样是不注意这个的。但是，一次儿子的一番曲折委婉的表达使我们若有所悟。

他这样对妈妈"回忆"说，我小学二年级转到另一个学校时，穿着家里做的老布鞋，心里觉得丑气，路上老觉得人家看我。到了学校教导处，见校长时，我不愿上台阶，而是站在台阶下。我以为，这样，他就看不见我的鞋了。

这番话，使妻子和我深感遗憾：对于孩子的心理，我们太粗心了！过去只知道他是男孩子，大大咧咧的，无所谓面子不面子。上小学时，洗脸总是两三把，有时只用湿毛巾擦一把，刷牙也是"三天打鱼，两天晒网"，衣服破旧一些也能接受，似乎根本不在意穿戴上的美丑，真像农村说的那种不修边幅的"泼小子"。

实际上，哪里是这么简单！

眼见的是，自打上初中以后，他开始注意起自己的"形象"来。有人开玩笑说他脸黑，脖子黑。他经常用镜子照着问姥姥："黑不黑？"有人说西瓜皮擦脸可以使面皮白嫩，每当家里吃瓜，他就擦起来。擦罢还问家里人："白不白？"姐姐说四合一皂粉能增白，他有空时也是擦了又擦，常常在脸上留下一些没有溶化的白粉颗粒做幌子。

仔细想想，早在他上小学时，就在意自己的形象问题了。问题是我们没在意！我们没有进入孩子的心灵。我们似乎忘记了我们曾经也是孩子！

一个儿童的形象问题，一个少年的形象问题，该是一个多么丰富的课题！

当然，孩子成长的"主旋律"还是心理和精神。心理和精神不好直接把捉，但从他们的言谈话语中，却可以窥其若干信息。

儿子初一暑假时，家里来了一位小客人。正值中伏，家里人多，空间愈显拥挤，很容易因为小事引起碰撞以致生气。不巧，妻有心事，烦。于是，就劝客人到别家暂住。儿子一听妈妈的"意思"，立马反对，"义正词严"地抗议说：

"你们难道不到别人家去吗？要是我到别人家去呢？"

这两句反问停止了大家的议论，最终接受了他的意见。

重视交朋友，这是男孩子在长大的一个标志。做事能够推己及人，已经不仅仅是讲究个人的面子了。

男孩子（只怕也包括女孩子）的初中阶段，尤其是初一初二，教育学家说是个"危险"时期。的确是这样。在这个人生从少年向青年的过渡期，一方面是强烈的个人意识甚至是个人中心主义在加速度地疯长，另一方面又缺乏驾驭生活和约束自己的能力。许多"新""奇""怪"，也包括"恶"，都会引起他们极大的新鲜感，甚至就在他们自己心里像雨后春笋般生长出来。

我的这个"宝贝"就不断创造出火爆的新闻。让老师们"义愤填膺"，让我和妻子猝不及防。

女儿有一次对我说，她这位弟弟有一种莫名的自尊。几乎已经形成了这样的模式，老师总好这样批评他：

"你咋啥都不在乎啊！"

他就反问："我又咋啦？"

老师说："上堂课你又说话了不是？"

他听后把脖子一拧，沉默。他的潜台词是：不就是说两句话嘛，有什么了不起啊！

女儿以姐姐关心弟弟的姿态对他说：你要自尊就得表现好一些啊，就得遵守集体的纪律，尊重别人啊！不把别人和集体放在眼里的人，有谁尊敬你啊，又哪里会有自尊呢？

还真叫姐姐说准了。一次，他的班主任通知我到学校去一下。我知道，一般来说，这种通知好事不多。果不其然，老师一见面就问，你的儿子三天没上课了，是怎么回事？我说，不对呀，最近很正常嘛，我看见他每天按时上学、按时回家吃饭啊。

谁知回家找孩子一问，原来三天前他在课堂上交头接耳出女同学的洋相，受到老师批评却又当场顶嘴，被"请"出了教室。"出去就出去！"他便从此扬长而去，乐得到学校不远处的金水河堤上浏览风光。每天照常离家，照常回家，像平时上学一样。老师以为是旷课在家，家里人却以为是上学去了，两下里都浑然不觉。如此已经三天了。

我很震惊，同时也觉得很好笑。我没对他发火。我知道发火最容易，因为你是父亲，他又有错，你倾盆大雨劈头盖脸骂一通，他以沉默表示接受或者说忍受。但这对教育孩子通常没有多少实际意义。我在一个心情平静的时候，和他聊天。

我说："你的反权威举动应该反省了吧！权威如果有问题

是可以反的，但你反的理由对吗？假如你是老师，你可以容忍有学生捣乱课堂秩序吗？如果以你孙某人为中心，你们那个班的同学不都跟着遭罪吗？这是第一。第二，你的行为不光明正大。你用的是"欺骗"手段，瞒哄老师，也欺瞒家长。知道错了又拗着不改，你经常标榜要有丈夫气概，你这个是吗？这叫作格调不高，有失风度。"

这几天来，他已经知道自己不对了。所以，不再辩解，没有再拧着脖子硬顶。我就不必再多费口舌。他平时说话喜欢用大字眼，我也是一下子提到理论高度，高屋建瓴，使他的思想有所震动，认识上有所提高。不料，果然奏效。

孩子毕竟是孩子，难免会有许多可笑的地方，甚至有许多劣迹。一次，我听他和他姐姐聊天。

姐姐问他："你快乐不快乐？"

他回答说："有快乐，有不快乐。"

姐姐问他："什么时候、什么事最快乐呢？"

他竟然举出如下事实：

上课时，有男同学出风头的时候，有快乐。特别是觉得老师讲得枯燥了，有谁带头"喷儿"一声，在课堂上制造一点小小的混乱。只要一乱，快乐就来了！

再比如，胡乱回答问题。老师讲《藤野先生》，文中有关于"裹足"的追问。老师问，这是什么精神？"地主"带头答道：国际主义精神！哄堂大笑。

姐姐问他，这是什么意思？

他说，藤野研究中国的"裹足"不是研究国际问题吗？

再问他，"地主"是什么意思？

原来是他给同学胖子起的外号。

在这种"妙语连珠"的所谓快乐后面，是一颗顽童的不成熟的心！

他还向姐姐吹嘘自己是怎样逃避劳动的。老师布置他参加扫地，他不。老师让他和女同学一起扫，他更不干。他对女生说，我不扫，你看着办吧。意思是你们去告我吧。结果是女同学都干完，对老师说都扫过了，掩护了他的逃避，他为此而窃喜。

姐姐又问他，你感到的不快乐是什么？他倒说出如下真心话：

"平时不好好学习，老师出个题，人家都做出来了，我做不出来，感到一切都完了。"

他姐姐乘机教育他："我倒是为你说的那些快乐的事而痛苦。你当时觉得快乐，现在不觉得痛苦吗？为老师和同学带来难堪和不快，这不寒碜吗，在自己心里？要我就这样。"

这些确是十分令人气愤的"劣迹"，但在事后又不免十分可笑！尤其在我这做父亲的看来。谁没有打孩子时代经过？谁的成熟没有一个过程？为人父母，就得接受以至忍受孩子在成长过程中的"所有一切"真实的表现。而且这"阴暗面"的一切也是同样有趣的，甚至是有意义的。从长远的角度看，人在成熟过程中的有一些行为，即使是专家教授们也是一时难以分清何为光明、何为阴暗、何者为对、何者为错的啊。而且随着人生过程的展开，坚冰是会自然融化的。

就在这样的对话不久，女儿告诉我，弟弟那样坦白地诉说他的"恶作剧"，实际上是对自己的批判。他在日记中有这样的话："我是个自命不凡的老憨。现在快活的人，将来必定痛苦；现在出风头的人将来定遭白眼。"

一个智慧的父亲，应当在生活的细枝末节中看到孩子的进步。少不更事的孩子，在走向成熟的路上，不可能是提纯过程。往往是精华与杂质混在一起，骨肉毛发同长。

我特别发现，孩子的成长有一种言行不一或者说言行错位的阶段。在个人追求行为上的"新奇怪恶"的同时，在说话上却可能头头是道不甘平淡，尤其对别人提出要求的时候。

一次午餐时，餐桌上有番茄鸡蛋汤。小儿子正患感冒，不知听谁说汤里加醋能治感冒，就发狠说如能治病我把这一瓶醋喝完。拿起醋瓶，哗一下倒进汤里。结果一沾嘴，嘴就撇起来，眼挤着，用小手扇着，喊着："太酸了！太酸了！"勉强喝，未喝下来，就想吐。当场有人批评小家伙说，遇事这样简单或者逞能，是办不成事，也是不聪明的。

这时候，大儿子却嘴角挂着笑，不慌不忙地对着弟弟摆起了龙门阵。他说他前天听说一个故事，大石桥旁边有个馄饨饭铺，桌上放着一碗辣椒油。有一客人说，辣椒好吃，我恨不能把它吃光。另一客人说，你能吃光，我赌一百元钱。于是，第一个客人吃光了，人家赔了他一百元钱。结果，辣椒烧心，那人第二天死了。他问弟弟："你说蠢不蠢？"

这家伙对弟弟没有直接批评，但他懂得借彼说此，算是得了几分讽喻之旨。他知道，这比直说更有锋芒，更有力量。他肚里弯弯绕多了。

看上去这是一种表达能力，实际上这是植根于观察和分析事物的能力。我很看重这个，尤其是对于孩子。

八十年代初，以经济为中心的号召刚刚提起，市场活跃，谈论生意刚成热门话题。我们家对此最敏感的要数妻子了，但当时人们还是大多停留在议论阶段。有一天晚饭后，儿子的高论出来了，那是对妈妈的一种概括。只听他说："我妈早该当经理了吧！头天晚上说一夜，怎么办工厂，银行贷多少款，产品如何销，交多少税，赚多少钱，眉飞色舞。给俺爸说，又给俺奶说。奶说你情干啦，家里的事我全包了。她又给我们兄弟姐妹说，我弟说赚了钱给他买件夹克衫。妈说没问题，小意思！我好像看到咱们家就要飞黄腾达了：妈妈掮着皮公文包，坐着小汽车。但第二天早上，一问妈妈，她说：啥工厂？早忘光了。这就是我妈妈！"

这里，他对当时空谈生意而后忽然一下全民经商现象的嘲讽是相当真实生动的。只是当时一个初中生的他，无法对这种现象的原因和发展趋势有更进一步的理解。他妈在后来果然把生意做得不错，在一定程度上"心想事成"了，终于使儿子的嘲讽"落了空"。但他在我心中仍然留下绝非"负面"的印象，这小子说话好带嘲讽意味，但对事情的概括与看法，还真照路。

对于一个少年来说，这种批评的锐气，是很可贵的。我有时批评他论人论事的尖刻，在心里却对其锐气不无赞赏。

有一天他放学一回来就跑到我的书房里，大声说："今天真气人！"我问怎么啦？他说："我们的校长真气蛋！"原来这位从来大大咧咧的家伙，不能容忍他们那位不拘小节的校长了。他连珠炮式地"攻击"说：

"一个校长，处处想占小便宜！今天参加全国运动会团体操的同学集体照相，这个校长来了，还带着他的小孙子。哪一组照，他都参加。结果，大家都不高兴。有的退场不愿参加照相。"

我说，校长参加照相，不是表示关心吗？他更加气愤了："什么关心？他带着自己的孙子，有些老师站起来走了。我们几个男同学一致决定不照了，把他撂那儿了！"

我调侃说，这位校长有意思！他说，有意思的事儿多着呢！他每天要训话，却穿着拖鞋，趿拉着走上讲台，扯着嗓子，声音震得耳膜疼。他常说昨天某某领导告诉我说什么什么，在学生面前显摆哩！把我们当成傻子，可笑！可恶的是，学生训练一加餐吃包子，他就掂着兜上来了。学生每人两个，他装起来不论数。然后龇着大黄牙说："今天不用买馍了。"学生发一瓶汽水，他也带着孙子来喝。你说气人不气！像这样的人当校长，学校有治吗？

嗬！我算长见识了。他在观察别人的时候，竟然有这样鲜明的是非意识和批判精神。虽然是我们大人所说的那种"手电筒"，拿来照别人。

我很早就觉得，我这个儿子是个不大在乎功课学得好坏的学生。有时不免因为他那些个满不在乎的表现，而担心其日后的发展。但是，他又从小嗜书如命，一放学回到家里就抱着书读。所以，我尽管无法断定他日后的方向，但没有把他看"死"，因此而断定他胸无大志。有一件事，一直记在我的心里。

在他十四岁的那年秋天他弟弟十一岁生日的晚上，我希望他弟弟写一幅条幅表示志向。他弟弟写了"我要奋飞"以后，他显然也被激动了。

"我也来一幅！"他展开宣纸，先写了四个字：大器晚成。他看了看我，似在向我表态，也有一点辩解之意。我意会，但没说话。但他意犹未尽，又展开一张宣纸，奋笔写下八个大字：不鸣则已，一鸣惊人。

字写得很用心，甚至有点儿"悲壮"。在写头一个"鸣"字时，还讲究些规矩章法，到了第二个"鸣"字，就任意挥洒起来，不仅"鸣"字写得很大，"惊"字的最后两点亦很大，显得别致而有力，似乎笔随情感而动，好像他的形象也从远景走到近景以至特写，对着在场的人们说："等着瞧吧！"

更出奇的是，在条幅的下部空白处，他又留下数行小字，说是小跋。其文曰："公元一千九百八十五年十月十五日，参加小弟生日并见其写条幅以言志，吾亦心血来潮，手痒难忍，夺起笔来洋洋洒洒，涂抹一纸如蚁爬。"——这个家伙喜欢这种文白相间的语言方式，表明他读书不少。不料在结尾时突然又来一"豹尾"，吟出一联："今日骑飞鸽，明天坐皇冠。"似是对条幅所言之志再做一通俗化的强调。他的"戏"到此还没有演完，又非要借我一方闲章"闲云野鹤"在他名下捺上方才罢休。

然后问我："老爸，如何？"

我说："不错。其志可嘉！可惜我只见到'前半句'，不知'后半句'何时才能兑现？"

他看着我，眼睛一亮，说："等着吧！"一副肯定的神情。

现在，十多年过去了，儿子大学毕业后，自己到南方谋职，通过个人的努力，早已经戴上自己的"皇冠"，他让我"等着瞧"的成绩还不坏。不仅"兑现"了少年时代的"许诺"，而且超出了某种"预期"。当然，他的人生之路才刚刚开始。我在他身上读到的诗意一定会更加丰富地展现。

既然孩子少年时代的"优劣"都是刻在父母亲心中的诗篇，那么，成长、成人、成功以后展开的故事，就更是汹涌在父母亲心中的诗情了。在人生中，唯有这种"回报"是最丰厚的，因为它是生长着的一种生动感觉，它是无法计算的。

明天开始

在我的几个孩子中，最使我牵肠挂肚的，就是儿子小戈。

要说原因，既不因为他是儿子，我偏爱他；也不因为他身体不好。他的身体很壮，极少生病。让我放心不下的，是他的懒脾气。

这孩子就有那么一个味儿：马虎，懒散。去年我到北京参加一个读书会，每星期我都收到两个女儿——小戈姐姐们的来信，报告她们的学习情况。看到女儿们的表现，我眼角总免不了绽开笑纹。可是一旦提到小戈，却常令我皱眉。女儿们的信中说，她们总是尽量想发现小戈的优点，好让我得到一点安慰，可是总不容易找到。聪明的女儿们在一封信中，描画了一个场面说，当全家人坐在一起给我写信的时候，每个人都谈了自己新取得的成绩和心情，最后大家把目光投向小戈，问他有什么好事告诉爸爸，只见小戈斜躺在沙发上，一条腿伸着，一条腿蹬在沙发上，一边抠着脚，一边不在乎地说："告诉爸爸，我要好好干，明天开始！”

我觉得好笑，但我笑不出来。只有一丝苦笑，挂在嘴角。好一个"明天开始"，这几乎成了小戈的一句口头禅，我听得多了，让我想起他的一件件小事。

每当放学的时候，他好像出笼的鸟儿一样，回家把书包一扔，就蹿出去了。或者干脆不回家，背着书包就玩起来。每次都是玩得大汗淋漓，精疲力竭，才回到家里。这才发现作业还没做呢。于是急忙塞饱肚子，开始写家庭作业。可是太疲乏了，一坐下来就散架了。效率很低，每天弄到很晚还不能睡觉。而到第二天早上起床时，可就麻烦了。头天晚上睡觉时，他大概也觉得这样先玩后做作业的办法不行，就央求奶奶说：

"明天早起，你五点半就叫我。"

奶奶心疼他，六点钟摸头揪耳地喊醒他，他睡意还浓，磨磨蹭蹭，差不多七点钟才能穿利索。吃完早饭，时间就很紧张了。有时就顾不上吃好饭，衔一口馍就蹿了。

这时候，他常常懊悔地说："明天一定早起！"

可玩耍的吸引力太大了。一放学，就把昨天的话忘到了脑后，结果还是很晚才开始做作业，早睡不了，当然也早起不了，成绩也就一天天落下来了。

成绩差的孩子并不见得没有上进心。记得有一年除夕的家庭晚会上，小戈给刚上初中的姐姐出了个节目，说有六十首古诗，随便点，点哪首，背哪首，错一个字受罚。姐姐果然背得没错，受到了全家的赞扬。小戈听呆了，当时表示：明年开始背古诗，每天早上一首。

有人哧哧地笑了，不相信啊！可也难怪人家笑他。年后，他先是背了两首。很准确，也很熟练，受到了称赞。接着，就扔下了，过了半个月。我提问他，还是那两首诗。又过了一个月，再提问，连那两首也忘了。

一个说到做不到的大人，在社会上会有信任危机；一个孩子，在家庭里也会遇到困难。每当期末的时候，他的姐姐们兴高采烈地拿回成绩册，交给家长看。可小戈这时候，有点不自在了。他总是吭吭哧哧不愿交出来，被催问的时候，抖抖地交出来了，也常常小声说一句："下学期拿好成绩。"这保证，有时成了家里人的话柄了。

其实，要真能"明天开始"并不坏，也不晚。但这话，多半是为自己现在处境开脱的一个托词，是原谅自己的"防空洞"。多少事就坏在"明天开始"的空头支票之中，永远是功不成，名不就，事不成。这些，一个孩子当然是不可能理解的。但这种懒散拖拉，久而久之形成一种惰性，是个可怕的毛病啊！

我常常为治好小戈的"明天开始"病而发愁。有时我和妻子苦笑着开玩笑："也不知道我们哪一点惰性基因传给了儿子！"妻子不大以为然地说："别瞎说，他姐姐们怎么就那样谨严和专心呢？'百人百性'，再说，他还是个孩子，人是可以变的嘛！"我知道妻子的话有道理。小戈能变吗？

我经过观察，发现小戈并不是懒惰，有些事他抓得可紧了。如读小说，他只要一抓到，就立即开始读。除了上课，所有课余时间见缝插针都能利用上。他特别爱读历史小说，只要一见到自己没读过的，就立即缠着我，要马上借到手。说一星期读完就能一星期读完，还常常提前。还有科幻小说，特别是叶永烈的，他一本接一本，务必读完不可。我常常见他中午放学时飞快地往家跑。为什么？广播电台正在连播叶永烈的科幻小说，他生怕耽误一分钟。读这种书，他还特别认真，总是从第一页读到最后一页，决不马虎。记忆的准确，有时使我惊奇。

有一次我写一篇文艺随笔，想从一个故事入手，讲艺术家的勾魂摄魄的本领，可这个勾魂摄魄的故事一时想不起出自何处。小戈知道了我的难处，脱口而出："爸爸，在《封神演义》第三回，勾魂法。"我一查书，果然不错。

这种爱好有时使他入迷。有一次他去看电影，到了电影院没买到票。他就站在剧院旁的连环画书摊旁，一气看了五本有关他读过的历史故事方面的连环画，并说，比看电影还得劲！小戈在这方面真有点刻不容缓的劲头，他可一点也不懒散。

是啊，真正的懒散，应该是百事无趣，一无所为。小戈的懒散、拖拉，只是他的一个方面。就缺点来说，这种不会约束自己、不愿循规蹈矩，正是幼稚心灵的天性的流露。他还有另一方面，从兴趣出发的强烈求知欲，只要引导过来，说不定就成大优点了呢！

有一次，我问他："小戈，你读过的书中，有没有讲做事要当机立断，决不拖拉的故事？"他的眼一亮，答道："有。打仗，古人打仗，行军时日夜兼程，风雨无阻。这才能抢到敌人前头。"他呼呼啦啦说了几个故事。这时，在一旁坐着的奶奶也插嘴了："不光打仗，俺们种庄稼、焦麦炸豆的季节，哪家不是起五更、睡半夜，谁睡过一个囫囵觉。要是一松，半年的汗水都扔了。"这小子大概听出了门道，红着脸说："我知道了，你们是要教训我。不要说了，我今天开始就改我的懒毛病。"我和母亲都笑了。

今年一过春节，我又到北京出差了，时间也不短。我收到的家信中，也有小戈的一页。他说：

爸爸：

今年我要争气了。我记住你离开家时嘱咐我的四个字："今天开始！"我要做到，改掉"明天开始"的毛病。我要像姐姐们那样，在小事上锻炼意志和毅力。从早上按时起床、背诵古诗、练习大字做起。放学回家，作业不做完，决不去玩，把看小说的劲头用到学习上。当然，做完了作业，可得玩个痛快。有了业余时间，还是得读点小说。这不也是你说的吗？

我接到这封信，别提多高兴了。做父母的，就是这样，因为孩子眼前的一点进步所带来的愉快，就把他过去的种种不是都忘光了。

我愿儿子说到做到。我相信他。

儿子的车子

上午九时十分，我和妻子乘上去深圳的航班看望儿子。

两个小时后就可以看见儿子了，两个人都有些激动。

"已经四年了！一个孩子独自闯南方。原来在家时，是那样一副邋遢样儿！"

妻子又一次重复了她经常发出的感慨。

"什么邋遢样儿啊！男人就是这样：一旦独立，立马变样。老话说树大自然直，我说男人是独立自然变。"

我不是要和妻子辩论，更不是要制止她、讥笑她的感慨。毋宁说妻子说的也是我的心里话，只是我不说。男人和女人是有一些不一样的。

我一直在想。

坐在飞机上，儿子这四年的经历在我脑海里过起了电影。

儿子从大学经济系毕业后，被分配到一家银行。一般说，大学毕业生头一年都要到基层去锻炼，一年后转正，再正式安排一个岗位。儿子被派到一家很小的储蓄所。

大学生初入世的头一步，往往是危险的时期。因为不适应而带来种种意料不到的问题。这时候，大学学子通常具有的自命不凡的神气，和人在青春期通常难以遏止的反叛，释放出一种类似锐气实际很可能是躁气的东西，会聚到火头上，常常有电闪雷鸣式的爆发。

社会日常生活大抵比较平凡，职场工作也往往是琐碎的。平凡和琐碎如果是僵硬的存在，那似乎还好一些，说不定神气和锐气还能碰出一些火花。但是，平凡和琐碎常常只是一种空气，软软的，木木的，碰上它，它没有感觉，却很缠磨人。由于没有经验、资格和权力，年轻人的神气和锐气便显得没有分量和实效。这种神气和锐气，与平凡和琐碎相碰撞，受伤害的或者"感到"受伤害的，往往是"神气和锐气"。

儿子到任的那个储蓄所，储蓄业务很清淡，这就为员工清谈清闲留下了空间和时间。

这是一种什么样的清谈啊！当然不可能是名士式的。银行时下被视为肥缺，许多人凭借各种关系进来，个人素质不一定怎么好，但性格多很坦荡，敢说敢讲，因为都有一点有"恃"无恐。刚好这家小储蓄所又全是由青年女性组成的世界。上班时间，这里充满着的，多是关于毛衣的织法、裙子的式样、孕期的健康、婆媳关系之类的市民日常话题，放纵着自由的笑声乃至偶尔粗野的骂声。

这种现象在中国的许多公家机构中，本来是司空见惯的。但对于一个刚毕业的大学生来说，就觉得被"撂"在或者说被"挤"在了一个角落里。尤其是一个处在女性世界里的男性，就不知什么原因地觉得空间变得狭小起来，进而觉得尴尬，甚至生长出无聊。

一月，二月，三月……他先只是有些受不了，接着就越来越不堪了。

好在这是有期限的。不就是一年嘛！

他更受不了的，是另外一个问题：面子，或者说尊严。

儿子坐在他的储蓄所一角，偶或有同学来存款，一见就叫喊：

"嗬，你怎么在这儿？"

然后他们就站在储蓄小窗口前聊开，主要是中学或大学的同学谁谁分到省人民银行、建设银行、中国银行等等。有位同学是那种跟读的大专班，学的还不是经济金融专业，也分到了省行。开始问话时，儿子的脸已经红了，越说简直就发起烧来。

"是啊，我为什么分到了这种地方？我什么地方不如别人吗？"

这种问题一直折磨着他。青年时期是一个特别要面子实际可能是虚荣的时期，特别渴求社会的公平与公道。但是，社会并不轻易把这些给他们。尤其是这个时代，灵活性总是大于原则性。权势、关系以至金钱常常可以扭曲、遮蔽甚至收买公平和公道。承认或者屈服于这种"刚性"的力量，似乎已经成为这个时代新的通行"原则"。稍微有那么一点权力或者同权力有那么一点关系的人，或者能够运用一点金钱物质力量"推动"一下的地方，原则总是被"突破"。不"一般"的人大有人在，得到一点"特殊"的人心里就格外受用。被放到"一般"境遇下，或者按照"一般"行事的人就感到不舒服了。如果是中年人，因为经历过的屈辱、不公太多，已经见怪不怪，也就"忍"了。若是年轻人，那就是莫大的痛苦，甚至于愤恨了。

儿子白天上班晚上在家里已经反复宣言：一定要跳出这种"体制"，摆脱这种平庸，对抗这种不公，找到更加自由发展的天地。

他决计要到南方去，并且和在美国的姐姐商量决定，选择了深圳。

然后，儿子正式向我们作了"通报"：

"我就是给你们'通报'一下，并不要求你们批准。这是我自己的事，我自己的选择，我自己承担后果。"

儿子不希望我们多管。于是，"通报"时，先把父母的嘴巴堵住。我们也没有多劝儿子。这个时代已经不是父母代替儿女选择的时代了。对于已经大学毕业的儿子，做父母的已经无法替他选择了。况且由父母"代庖"也不一定就好，甚至往往不好。我们为儿子准备了几千元钱和日用物品，买了机票，让儿子自己走了。

我们当然也做了一个准备：儿子干不好再回来。

没想到，三个月以后，儿子告诉我们，他已经建立起独立生活的某些条件。在俩人合租的一间民房里，弄了一个可以睡觉的窝。在公司里，儿子成功地做成了两笔融资。经过试用，已经正式被一家大公司接纳，并且加了一次薪。

"爸妈，别挂心，我没事。我一出来，就已经不准备要后路了。这里适合我。"

分别时，儿子这样说。

这种安慰式地告别和决绝地表态，让我们觉得，儿子毕竟还是孩子！

一年以后，儿子成了公司的一个部门负责人。

工作显然做得不错，个人的收入也大幅度增加。

又过了一年，儿子突然打电话来：

"爸，求一件事，给我们的公司起个名字。"

"谁的公司？"

"我的，我们的。"

儿子轻松地回答。他要独立自己干，已经和另外两位年纪

儿子的车子　　209

相仿的朋友共同组建了自己的公司。

"我的房子已经装修好了，你们来吧！"儿子最近催我们几次了。

在我回想着儿子这几年的发展梗概的时候，飞机已经降落到了深圳机场。

"看，恁儿子！"妻子已经看见等在出口处的儿子，激动地说，"离很远很远，我就看见是儿子，只要他的影子一闪，我就知道是儿子。"

"那当然，大厅里，儿子的影子不闪，你就认出了儿子。"我笑着打趣。

儿子接过行李，转身径直往停车场走去。接机厅前，一些出租小巴、中巴在揽客。

"四年前，我就是坐这种中巴入关的。"儿子俯瞰着出租车群，转过脸来看着我们，眼里闪着愉快的光芒，感慨地说：

"今天，我不让爸妈坐这种车了！"

"那时候，大多数人来这儿都要坐这种车的。不少人还要坐公交车。九十年代我来开学术会议，还不是坐的公交车。那时候坐小巴是不能报销的，自己又不舍得。"我说。

"我们的车，爸妈，你看！"

呵，一辆墨绿色的德国宝马卧在车丛中。墨绿色放着凝重深沉的光，不免有几分骄人。

"BMW，宝马，难为翻译家的中国古典文化功底！'香车宝马''宝马良驹'，本是贵族的舒适和排场的标志。又和德文BMW的发音刚好接近。这个名字带给人这样丰富的感觉。"

我议论的时候，忽然想起两年前儿子说的一番悄悄话。

那是儿子头一次参加公司召开的中层负责人会。未进会场，就见前面停着一大片小轿车，大多是进口名牌。一位比他大两三岁的二十六七岁的哥儿们就是开的自己的"宝马"。一问价钱，答曰七八十万吧。"那车真是潇洒，但价钱也真是不敢想象！"儿子当时说。

"爸妈上车，上咱们自己的车！"儿子唤道，重音在"自己"上响亮得像春天的雷声。

在驾驶位置上坐定以后，又问："爸，你喜欢什么音乐？古典的，可惜我没准备；你听顶级明星的吧。你不要看不起流行音乐流行歌曲，了解了解它们是十分必要的，特别对于爸爸你这样的人。你听听这套音响的音质、音色怎么样？"

车里已经奏响轻柔的清晰的立体声音乐，我神情专注地听着，既是听音乐，也是听儿子说话。

汽车在音乐声中行驶在广深高速公路上。深圳这地方变化太快了。八年前和四年前，我曾来过两次。头一次，只是感到深圳像一个大工地，第二次就有点都市坯子的景象了。现在新兴都市的势派越来越足了，这还不到十年哪！

高速公路上，最引人注目的就是车子。

在我们居住的内地城市，看到世界名牌汽车已不稀罕了。但是，主要的名牌车由六七十年代的数以十计，而后数以百计、千计，有心人几乎是可以记住的。

这里就不同了。各式各样的世界级名牌车一辆接着一辆，国产车倒成了少数派。就世界名牌和国产车的比例来说，这里的世界名牌比北京、上海还要集中。

"深圳人也真有钱！"我不由得感叹。

"你是说车吧？"

儿子看出了我感叹的缘由，不由得分析起来："这地方就是讲这个。和全国比起来，这里也许是市场化程度最高的地方。市场化的结果是把各种价值标准高度简化了或者说简单化了，也可以说一元化了，那就是一个字——钱。这里也像港澳一样，流行这样一种评价人的方法：他的身家是多少？而且可以用数目字精确到是多少数。是几位数：三位数，四位数，五位数……一个人的能力、价值，就是这个数目字。一听，你可能不习惯。而且在别的地方，也不像这样。比如，在咱们那儿就不这样。不说咱们那儿，在北京，就不是这样。

"在北京，有许多种价值标准。你是官员，是什么级什么级；你是艺术家，你的作品档次影响，你的知名度；你是学者教授，你在学界的地位，你的学生……这一些，和企业家有多少企业，多少资本，多少钱，具有相当的意义。大家在各自的领域实现自己，大家能够平起平坐，即使你并没有多少钱。这里就不行了，你个人没挣到钱，说什么也不行了！

"理解了这个，就好理解车子了。你坐的车子，就是你有多少钱的象征，就是身份地位的标志。懂了吧，老爸！"

儿子有些调侃了，但很真诚。

我谔谔地应着，既感到新鲜，又有几分陌生。不知道自己是喜悦，还是忧伤。这些语言，听起来并不陌生。但是，那是过去用来批评或者说批判旧时代的中国和西方资本主义社会的，没想到现在要我们面对这个眼前的现实了。

我下意识地侧过目光郑重地看了一眼儿子。那是"刮目相看"的意思吗？我问自己，在心里。

不料，儿子也转过脸来看我。

我没答话。儿子又继续说：

"你不感到这种车子舒适吗？在这种路上跑，时速140公里，还是一般速度。你感觉不到任何颠呀晃的，你不误看报，看材料，就是说不误工作，当然更不误休息。坐这种车子旅行，一切都变得舒畅了。而且，你一下车，就可以立即精神饱满地投入工作。这里你就体会到，这不仅是所谓资产阶级讲究'派'了，它也是企业家的经济学原则。"

儿子在无意识地给我上新观念的课了。

"说到这里，使我想起希特勒，在发展汽车工业这一点上，那货是很有经济学眼光的。"

我知道儿子的谈兴上来了。儿子知道我喜欢听他海阔天空地放谈，他甚至感到了我在听儿女们说话时有一种享受感和陶醉感。

儿女小时候我常常主持 "家庭沙龙"，让他们姐弟四人讨论和辩论，我有时高兴了偷偷地做简单的记录。我是想训练他们的表达，同时也为了能够更具体地了解这一代青少年的状态。

儿子上大学以后，我把我们之间的谈话开始叫作"父子对话"。父子之间的这种交流给我留下了深刻印象。

我高兴的是，长期以来，儿子已经养成了和父母家人交流的习惯，一见面就有一种想谈话的欲望。他的许多想法总能够在我这里得到回应，起码是一种积极的"反应"，或者同意或者反对。况且在家里，话语的"闪失"也不算丢丑。受到批评，也总有收获，算个赚头。

儿子离开家以后，虽不是每天，也是每个星期有好几次长途电话。这一次接我们来到自己的小天地里，除了要让父母享受一下他独立创造的成果以外，就是有更充分的时间和家人在一起好好说说话。这几年积攒了很多话。

儿子的谈兴比往常更浓。

"爸爸,你可能知道,希特勒在三十年代早期,已经提出并实施发展公路和汽车的计划。他承诺要让汽车开进每个农民的家里。当时的大众汽车,每个农户只要交一个马克就可以得到一辆。那就是说,等于免费,只是要排队等待按顺序配给。这为后来德国经济的发展影响很大。希特勒的威信最初也是真的。因为人民感受到了德国的经济强大。无论如何,贫穷不是社会主义。邓大人这话是颠扑不破的真理。"

儿子说着,时不时地用眼睛扫过来。他大概要在我的脸上"读一读"反应。儿子知道,在谈到经济问题时,我和他难免有一些话语隔阂。尽管他对别人讲,自己的父亲在市场经济面前,并不是一个守旧的人,更不是一个落伍者。但毕竟我们这一代人是在计划经济下生活过来的人。两种体制的对立和冲突是深刻的,坏境变化是非常大的。儿子有时也喜欢引用马克思"存在决定意识"的话,那是他想引出这样的结论,两代人由于"存在"不同,所以,有不同的"意识",就是自然而然的了。

虽然我安详地坐在儿子的身边,但是,内心却被一些有力的东西冲撞着不能平静。陌生感和新鲜感,不时地闪过我的脑际。

我想起了关于车子的一些趣事。

我们的青年时代，五十年代在家乡，自行车还是稀罕的交通工具，只为当干部的少数人所专有，上千口人的村子也没见一辆农民的自行车。六十年代，我已经是多年的大学老师了，仍然买不起一辆自行车。我从外地返乡，下了火车，总是靠两条腿走几十公里路到家，当时有一句俏皮话，叫"坐11号汽车"来的。直到七十年代初，我到省委机关工作，知道当时郑州市有两辆奔驰车，其中一辆还是援建郑州二砂的德国工程师留下的。我有时坐坐公务车比如'上海''吉普''伏尔加'什么的，但从没想到这小汽车和自己可能有隶属关系，有一辆自行车已经蛮好了。

接着有了另一个故事。十多年前，上初中的儿子有了一辆上海飞鸽牌自行车，我觉得比我当年已经"阔多了"。但一次在我的办公室里，他以书法言志，于"一鸣惊人"的条幅上，写了如下跋语：今日骑飞鸽明日坐皇冠也。我只是觉得，这是童言无忌张大其词而已，没怎么在意。没想到他早就在做"皇冠梦"了。

我忽然感到，时代的发展换挡了，加速度了。今天乘坐的车子，谈到的车子，我想到的关于车子的故事，都不是车子本身，它都是具有丰富意蕴的象征了。这里显示的是，人生的目标和格局的差异！

在这样的时代条件下，儿子不只是快速长大了，几乎完全是独立的崭新存在。应当老老实实地承认，这些崭新，都不是我们当父母的塑造出来的。按照我们的思想和意愿，也不可能塑造出这样的人来。按照文学上的有些随意但却相当准确的说法，这是一种新人类。

在儿子的语言激流面前，我虽不能说已经"失语"，但是，非常明显，过去那种对话时作为父亲所葆有的主体地位和主动状态，已经一点一点地让给儿子了。

每当沉默的时候，又是儿子展开新的话题："这一次请爸妈来就是让你们舒服舒服。你们在深圳期间，我安排了三个系列：吃好，玩好，看好。"

看来，儿子要在他的课堂上给我们上课了。

父子对话

之一

子：爸，我今天想写一篇文章。

父：什么文章？

子：《好大的雾》。

父：怎么写？

子：共分三段。我写我今天看见的一场雾。

早晨，我一起床，发现窗外雾茫茫的。我就听见一个女的在路上走，光听见皮鞋"捣捣捣"的声音。我知道那是周飞的姐姐，平时我多次听见那种声音，就是她。

等到我上学时，马路上一米远只能看见人的影子，看不清鼻子眼。

到了学校，两节课后，我站在楼上，只见下边的雾在向上浮，上边的雾在往下降，像大海的波涛翻滚。直到第三节课后，雾散了。

结尾是：好大的雾啊！

父：你为什么这样写呢？

子：我见的是啥样就写啥，这不是你告我说的吗？

父：是的。写文章就是写见到的真实情景。还要写感觉到的和想到的。

子：对对，还要有合理想象。

父：啥叫合理想象？

子：这也是你说的，想象不是乱想。要想到看不见的。比如，在雾中，我虽然没有看见周飞的姐姐，但我熟悉她走路的节奏，我想象就是她。还要有优美的词。

父：不一定都写优美的词。比如吃饭，想吃肉时肉好吃，肉吃多了，想吃青菜。光吃肉，光吃青菜都不好。用词也是这样，贴切就是优美。

子：噢。我最近光想写文章。

父：那好啊！你想写啥文章，说说听听。

子：比如我想写一篇《姥姥的座位》。姥姥每天坐在这门边的沙发上，因为这沙发离门近，不要走路，又软。她一进门就坐在那里。

再如，我前天在农学院门口见两个青年人的车子撞住了，我认为要打架，有戏可看了。结果一点也没打，两个人互相道了歉，就各自走开。你想，那地方是路口，上班时过往人很多，出点事也不能互相责怪。你说这不是文明礼貌吗？

父：是的。你虽然只有十一岁，但学会观察生活分析问题，逐渐就会写文章了。

之二

子：今天早晨有雾，骑车路过体育场时，景色好看极了。

父：怎么好看？

子：因为有雾，天色朦朦胧胧；体育场上有灯光，迷迷茫茫；许多人在那里锻炼，影影绰绰。

父：你就把这印象写下来吧。

子：不用写，我永远忘不了。我记得可清了。

父：把这记得清的东西写出来是一种享受。记得几年前你就说过雾中上学的体会，你说写却没有写。

子：这样写就太累了。我念一会儿书就烦了。

父：什么样的书？

子：难读的书，不懂就烦。碰到不认识的字就蒙。

父：谁都是一样。知难而进，坚持一下就闯过去了。人和人的不同，就在能不能坚持这一下。能坚持一下的就成功了，不能坚持的就退下来了。一个分水岭、分界线就在这里。

子：读书容易烦，为啥人都喜欢玩，玩不烦呢？

父：好逸恶劳是人从动物那里继承来的。本来人也是动物，动物吃饱了就不干了，于是永远是动物。猿猴有的变成了人，就是克服了好逸恶劳。

子：人也是动物，所以玩也是人的本能。

父：人不能顺着本能生活。中国古人说的"生于忧患，死于安乐"，你知道是什么意思吗？

子：这是说人生下来的时候发奋学习，到了老的时候才能幸福。

父：不是这样的意思。这话说的是人在艰难困苦的情况下容易成长发展。相反，过于追求享乐，反而容易失败。所以有些富裕家庭对子女要求很严格，不让他们躺在父辈或前辈创造的安乐窝里享受。

子：你说这我想起了一本书上讲的故事。美国有个富翁带他的孙子走路，他伸开手臂让孙子跑过来，等孙子扑向他的怀抱时，他又突然闪开，孙子摔倒地上。他说："孩子，自己爬起来！你要记住，不要随便相信会有人帮助你。"

父：随后，他又让孙子爬上滑梯，然后展开双臂说："孩子，你跳下来，我会接住你。"孩子不敢跳，经他再三保证，孩子跳了下来。他抱住了孙子，然后说："孩子，你还要记住，这世上有真正爱你的人，你要相信他们。"这两件事都是出自那位富翁。他的两句话都应当记住。

之三

子：我们同学在一起常常争论的问题是，二十年后不知谁怎么样哩！

父：什么意思？

子：在学校学习好，长大了不一定行；反之，学习不好，长大了不一定不行。

父：你的观点呢？

子：我同意这观点。比如某某某。

父：你们争论的这个问题，是大家历来关心的。教师、家长的关心，是说要辩证地看待学生在学校的表现，不可直线推理，把人看死。高分不一定高能，要提高能力；低分不一定低能，要鼓励其上进。

但学生的思考有几种情形。

一种是超前的思考。不以学习得好分数为满足，有更高远的目标，更全面的追求。

一种是不服气："他现在学习好但将来还不知怎么样呢！"同时为自己的落后辩护："别看我现在不怎么的，还有将来呢！"

不知你在什么意义上赞同这个观点，我不去断定。这要你自己说心里话。

子：那你说说某某人的例子吧！

父：哈，那个例子完全不能说明你的问题。人家在中学时常常考前几名，考大学考得不理想，被录取到郑州大学。另两位平时学习比他差些的同学上了北大。这不能说明平时不用功到时候有好运气。况且，某某到了郑大，成绩又名列前茅。这只能说明是平时的努力，长期的积累。

子：咦，你这一说我那观点说不清了。

父：是的，这个例子对你不利。我倒是可以举出一些对证实你的观点有利的例证。这些例证不是出自书本、名人，而是我自己的生活经历。

子：你说几个听听。

父：比如，我上学时有位同学，家里穷，家离学校又远，走读，经常迟到，人也长得黑瘦，性格又拗，不大会讲话，不讨人喜欢。因此，常挨班主任的训斥，他又喜欢拧脖子对抗，后来简直到了要开除学籍的边缘。没有几个同学看得起他。可考初中时，人家考上了。那时升初中多难啊，一二十个人才能录取一个。初中时他的境遇也没改变多少，但高中又考上了。高中毕业时特招当了空军。现在在一个县当纪委书记，很受群众拥护。

子：不就是个副处级嘛！

父：你又来了，口出狂言。我不是说他当了官就是好的标准，而是说许多同学都在这一阶段那一阶段掉队了，可这位被瞧不起的，却努力上进，在一定程度上实现了自己。

这里有概率问题。

子：什么叫概率?

父：就是说，上学时学得不好的后来在社会上也有干得好的，但少，比例小；而学习一直好的，后来在各方面工作得好成绩大的，比例更大。这类例证，简直俯拾皆是，一把一把的。有名的，你也知道。比如马克思，比如列宁，比如毛主席，比如鲁迅，都是好学生而后成为大家。

子：让你一说，我那观点还得好好想一想哩!

父：想想这个问题还真有点意思! 看人不要看死，看分数不要看得过重，升学也不要当成命一样。但要是作为学生的"懒嘴调"，作为自甘落后的辩词，那就有点愚蠢了。

子：我们的老师曾经出过一个作文题目叫"阿Q断子绝孙了吗?"，我想到了自己的心理，也包括不少同学的心理，精神胜利法，自己安慰自己失败了的心。这不是一个小毛病。学不好，说二十年后再说，就是一个例子。你说逗不逗!

同题作文

我以纪实手法写了几页文稿，记录了某一片刻一群中年人对潇洒的向往。不料女儿先见了。

她是电台节目主持人，职业习惯驱使她看了稿立马挥笔"批"了一大篇。后来，大儿子见了，又用诗的匕首戳得见骨见血，和我的文章刚好成了三人一篇同题作文。

我把文章和批语对读，发觉是两代人关于潇洒问题的认真对谈。应当承认，年轻一代的见解更加接近潇洒的本意。这是一次"子教三娘"。

我有了一点觉悟：潇洒是不需要谈论的，奢谈潇洒的人往往属于不潇洒之辈。

还有一点发现可以消解我辈沮丧：青春年少一出手自然而然潇洒固然很美；年至"不惑""知天命"以后，能由不潇洒蜕变为潇洒，岂不也是一种妙？更妙的是，不潇洒的父辈却未必培育不出潇洒的子辈！

我的文稿

昨天一群老同学聚会，一连几个小时大家都在说着一个词：潇洒。

聚会留给我的整个印象，就是这样一个词。

中年，是人生又一次潇洒。

大家都这样说。

是这样吗？是这样吗？

能这样吗？能这样吗？

这是五对夫妻组成的老同学聚会。三十年前其中的大多数都在一个中学母校读书，现在的年龄都在"半百"上下。十人的职业五花八门：当教师的，搞科研的，做生意的，干政法武装的，管财会的，兼任党务文秘的。

男主人端出一个菜叫肉丝凉皮，劝大家说"菜虽普通，但好下酒"，并且不无得意地请大家看他的刀工。座中年龄最小的一位已经抢先下箸，不料大呼：急死人，拧了半天拧不住一筷子。于是有人发议论说你这刀工倒很整齐，只是凉皮切得宽了，肉丝则粗了，它有点像中年人的体形：厚实，但不潇洒。

大家不禁大笑，吃菜吃出了自己。

于是，有多人附和。

是的，也像咱们的人生状态：老实，实在，但不够潇洒呀！

就这样吃出了潇洒，也触到了大家的敏感神经,慨叹与嘲讽的话语都冒出来了。

有人愤激：我们这一代人是吃苦最多、负担最重的一代。这个时代的负面东西都让我们尝足尝够了。我们如何能潇洒起来？

大家你争我抢摆出如山铁证：长时期的忍饥挨饿，超强度的停课劳动，无休止的政治运动，数不清的思想革命，再加长时期的低工资却上要赡养老人下要抚育孩子……

现在呢？女性的遗憾声此起彼落："三围"失控造成过度丰满，防皱美容之类的霜啊液啊收效甚微，耳边听到大娘、奶奶、姥姥的呼喊，生出难言的悲凉。

男性则不约而同把目光投向同伴的头顶：感叹"地方"与"中央"的新型关系，头脸相混的新局面，所造成的心理尴尬。

一片唏嘘调侃之声。

似乎只有不潇洒。

这时有人举杯，激情满怀地提出"要向大家表达一个祝愿"。

大家洗耳。

原来她借时下流行的一句广告词：祝大家"今年二十明年十八"。

祝酒者有一份好心，想让大家振作。

大家反应冷淡。有人竟说"别自欺欺人，自己伤自己的心了"。

"为什么是自欺欺人？这是完全可能的！"

座中有人"愤"起解释："二十是生理年龄，无法改变；十八是心理年龄，可以自塑。人老心不老，况且我们人也未老。我们就当又过一回青年，为什么不行？"

这话还真中听，大家一迭声地呼应：就是要再当一回青年！

并且临场约定：人人举杯，每人一句祝词，把心里想的都亮出来。

原来约定是不许重样。但一圈下来，有几个词大家不厌其烦地反复使用。其频率最高的有三个：第一是潇洒，第二是快乐，第三是健康。

三个词其实还是一个词。不是潇洒也含着潇洒的意思，或者说是潇洒的条件和效果。

座中也有反调。

"潇洒，说说不牙疼，做做试试。年过半百了，强做少男少女，不丑吗？"

"丑？为什么丑？这样想就是最窝囊，最蠢的！这是封建文化的毒。"

争论转为批判。

有人分析说，中国传统文化有一个弱点：生理年龄决定人的心理年龄，中国人心理衰老的时间常常过早。西人说四十岁刚刚开始，把四十岁以后叫作又一青春期。但中国古人却说"人到中年万事休"，金圣叹甚至说"人过三十而未娶不复再娶，人过四十而未仕不复再仕"，实在是灰心得太早太彻底。

有人说，当代文化也有一个弱点：对人的关心太少，长期以来忽略自己。现在，中年渴望潇洒，这其实是人的自我意识觉醒的表现，是一个民族生命活力重新焕发的信息。这是人性之美！人生之美！怎能和丑字沾上边？

今天一说，似乎胆都大了。有人一连声地诘问："我们为什么不能潇洒？为什么不能？"

是啊，为什么不能呢？

七嘴八舌都在诘问，好像当面有一个质问对象似的。结论是两个字："该""能"。

为什么说该？因为我们过去不潇洒，我们需要追回，需要补偿，我们需要疯一疯，我们需要创造自己喜欢的辉煌。

为什么说能？因为我们有条件，我们自己为自己准备了条件。以前，我们见面就是讨论粮票油票米面菜肉价格互相提供便宜商品，子女升学就业开后门等等。现在我们解脱了。不光可以谈谈潇洒这样奢侈的词，而且有能力组织舞会，乘车旅游，安排酒宴。最重要的，我们越来越能驾驭生活，按自己的意志行事。我们有条件为什么让它"过期作废"！

该，能，这两个字很厉害，很有煽动力。但一想到实行，有人又担心："子女怎么办？比如旅游要不要带他们？"

"这还用问吗？当然不带了。为什么要带子女？我们是我们自己，干子女何事？子女去玩，也带我们吗？"

一位女性坦率地回答，并且向大家提出三条建议：第一，子女的事情子女管，我们不当子女的奴隶，也不是他们的保姆；第二，子女结婚，我们能帮多少帮多少，结婚第二天，请他们"滚蛋"；第三，他们的子女他们带。节假日做好吃的欢迎他们来吃，来玩。平时，和我们一样，自己照顾自己，自己解放自己。

这中年确有它的厉害之处，不光嘴上功夫，重要在行。在一片"解放"声中，大家有了第二个约定：从设计新的聚会方式开始潇洒，改一改原来见面就是吃饭的老一套，离开家庭，走进娱乐场，回到大自然，更加轻松放松，更加自由自在，更加解放解脱。并且当场排定了日程表。

这就是潇洒吗？

应当说，这已经是了。尽管很简单，大抵还是嘴上的功夫。

这几年流行着一句吉利话：心想事成。先是想一想潇洒，潇洒地谈一谈，已经是一种潇洒了。

女儿的批语

潇洒是从里向外的。游玩于山水之间终日有美酒佳肴相伴，未见得就能潇洒。身居陋室、粗衣淡茶，也未见得就不潇洒。

潇洒类似超脱、绝尘之类的词，有着佛的意境，难以说清。如果非要就潇洒的内涵与外延深究探察一番，那这人是真不潇洒。

任何一个时代，都有着潇洒与不潇洒。任何一个年龄段都有着潇洒与不潇洒。任何一个民族都有着潇洒与不潇洒。

没有一个时代能让人都潇洒或都不潇洒。没有人会说二十岁的人都潇洒，五十岁的人都不潇洒。没有一个民族全都潇洒或全都不潇洒。

只有潇洒的人和不潇洒的人，无论贵贱，无论老少，无论黑白。

这世界，什么时候都一样：不是太好，也不是太坏。

人有时候，甚至总是自己搬石头砸自己的脚。

对于不潇洒的人，拥有的越多，这石头就越沉越大。

真的潇洒，一无所有而自得其乐。腰缠万贯了也不过只会关了门拉一窗帘，点了灯来数自己的钱财，生怕明天少了一个子儿。

真的潇洒会忘了我是谁，忘了我在哪里，忘了我有多大年纪，忘了我是潇洒还是不潇洒。

真的潇洒看起来往往不是流光溢彩，反倒可能是受难者是苦行僧。他不怕皱眉头，不怕流眼泪，不怕被抛弃被诅咒被揉捏被误解，他决不逃避决不迁就，他永远直面人生，他敢爱敢恨，他不说假话，他不违拗自己的心。

真潇洒一回原来是需要相当的勇气的！

生不逢时，别人对你的期望值太高，欲望太多，这世界太险恶，太卑鄙，等等，都使你潇洒不起来。

可是你是你的心的主人啊！

仔细清算一下，有许多镣铐和包袱，难道不是你自己束在自己身上的吗？

别太把你自己当成一回事啦！

不要去追逐潇洒。潇洒是害羞女人，你张开双臂，只会把她吓跑，而留下风让你去拥抱。

在成为一切之前，先做一个简单的普通的人吧。当你存心要普通一回，要过一种简单朴素的生活，而保持着无边无际的心灵空间，你沉在生活的底部，不慕虚荣浮华，不求达官显贵，只是和自己赛跑，做一些存心要做的事，你这样日复一日地活着，不求什么。可是突然有一天，必定有一天，鲜花和掌声把你包围了，你风光了，浮华了，你只是笑笑，因为你早把自己心灵的风筝放逐到遥远的天际了。你心静如水。

你仍然去求你的简单。

然而你潇洒！你超脱！

儿子的批语

小女儿只是批评我把潇洒写得沉重，甚至有点"煞有介事"，这本身就不够潇洒。大儿子的批语，变成诗了：

扫视过两种关于潇洒
有一印象，描述如下
头一篇是一堆和好的面
而第二篇却是插在面上的一把刀
刀闪亮，面和软
父亲，毕竟没有过潇洒
这就是父亲作为父亲的伟大

这是大儿子通常的思考方式和表达方式：居高临下，俯瞰天下，出语不凡，出语惊人，甚而"语不惊人死不休"。但是，不能不承认他那倒数第二句是一语破的！看来，深刻不只属于年岁大的人，年轻人有的不仅仅只是锐气。

田野在哪里

题目上这句话，是一个八岁女孩向我提的问题。

我被这问题抓住了。

这是在春游的路上。星期天，孩子们要去田野里放风筝，把我从书房里拖出来，我又到妹妹家把外甥女冠楠带上。我们从城里骑车到城外去的路上，小冠楠总是问："到哪里去？"回答："到田野里去。"但她对这个回答总不满意，仍在时不时地追问：

"田野在哪里？"

这问题把我的孩子逗笑了。

"田野在前边。"

"田野在很远的地方。"

他们用一种质朴的同时也很神秘的方式回答小表妹的追问。

我们飞快地骑出城外，道路两旁大片大片麦田正绿得让人激动。但小冠楠还是皱着小眉头四下里望着。

"你还没有看见田野吗?"我问。

她茫然地摇了摇头,反问我:

"还要很远很远吗?"

"这大片大片的绿色是什么呢?"我也反问。

"这是草坪吧。我看见就喜欢。我想上去打打滚。躺一会儿。"冠楠说。

"你在草坪上躺过吗?"我问。

"还没有。我在电视《正大综艺》节目里见过外国的大草坪。我光想钻到电视里的草坪上去。"

她想了想,然后小声地嘀咕:

"说不定这就是田野吧。"

我被小外甥女的深沉的表情逗得直想笑。她欣赏着这绿油油的麦田,似乎仍在琢磨着田野到底是什么东西。

"这绿油油的东西不是青草,是麦田。它长高了就变黄了,就结出麦穗来,然后它的麦粒磨成面粉,就做成咱们吃的白馒头了。"我的女儿给表妹上课了。

"我知道了,知道了,'锄禾日当午,汗滴禾下土'……"冠楠"抢答"了,她懂了。

春天的田野,色彩并不丰富,毋宁说是单纯甚至单调。但是,那没有遮蔽的广阔和无边的绿色,让人心里敞亮。麦苗尚

故鄉滋味

土豆
癸酉 馮傑

未起埯，正可以踏青。我们放起了风筝，阳气很盛，风筝被春意托起，在天空逍遥。我们在麦田旷野里追逐，拍照，自由自在地讲故事，大声地笑。

刚来到麦田时，我躺在地垄上想享受一下麦苗的清香，小外甥女跟我学，但爬起来发现牙黄色的运动装上沾了星星点点的泥土，她懊悔地喊起来："弄脏了怎么办？回家妈妈要吵我了！"这情绪使我深以为憾，讲究整洁就这样成了一种精神负担！我大喊："快跑！快跑！"我们在麦田里深一脚浅一脚地追起来，小冠楠玩得忘情了，也就顾不得衣服上泥土不泥土了。

嬉戏的间歇，我问冠楠：

"你画画跟谁学呢？"

"跟老师学。"

"老师又跟谁学呢？"

她当然答不上来了。

"就跟它学。"

我说着，甩开膀子在天地间画了一个很大的圆弧，"就跟这田野，这大自然学。"

这时远处的麦田里飞来两只白蝴蝶。"白蝴蝶！白蝴蝶！"小冠楠雀跃起来，头上两根"刷帚把"一跳一跳。

"你可以画一幅画，画上田野，麦苗，再画上两只白蝴蝶了。"

我建议她。

"才不是呢！只画两个小白点就够了。我只看到两个小白点嘛！"

小冠楠执拗地说着。我惊讶了，孩子的目光这样敏锐，感觉这样写意。

小冠楠兴致高极了。扑蝴蝶，追风筝，咯咯咯地笑个不停，等出了一身汗就坐在田埂上，拉着我女儿主动要给表姐讲故事。故事可真多，讲得也精彩。望着她红扑扑的小脸蛋，我问她："今天玩得有意思吗？"

不料，她小脸陡地一沉，很认真地说：

"没有意思。不就是来回跑吗？没有画画，也没有学会写字。"

我那搞新闻工作的女儿听了大笑起来说："爸，可不得了，小冠楠的意思是说，今天没学书本就没有完成什么，就空虚。她怎么这么理智呀！我小时候在农村，成天在野地里疯玩疯跑，可开心了，我就不知道欠什么。也许比现在的城市孩子少学了写字画画，可我现在一点都不后悔。现在的孩子是不是活得太累？你说呢，爸！"

我没有立刻对女儿的议论表示什么，但我分明感觉到人们生活中有一个重要的忽略。

当我们回城的时候，我问小冠楠下个星期天还跟不跟我们出来，回答是："这要问妈妈。"她说她星期天早上起来先去学画画，然后做作业，还要学弹琴。她都有两个多月没逛过公园了。最后她郑重地问我：

"妈妈让我当这个家那个家，舅舅你说，我该当什么家呀？"

小外甥女的这段话真的让我感到沉重起来，我一下子竟回答不出她的问话。

人们在处心积虑地用文化之炉对自己或对别人进行熔炼的同时，却常常忽略在自由的田野上进行生命体验。这个忽略太严重了。但我找不到和孩子对话的语言，我只说：

"不管怎么样，下个星期天咱们还到田野里当个'玩家'吧。我去对你妈妈说。"

是的，我是该和妹妹说一说。

天 伦

越洋看女儿，来从美国游。在从中国大陆到旧金山的飞机上，我心中迸出这样两句话，叫它两句诗也可以。

不过，这次来美国，"游"是次要的，甚至"看女儿"也不是第一位的。第一位的是，为了迎接一个新生命的诞生。

女儿将要临产的消息，早已让妻寝食不安，心里想的嘴里说的都是女儿的事情：

"年龄这么大了，才生头个孩子，会顺利吗？"

"知识分子应付这些琐碎事情，能不急躁吗？"

"美国人的习惯适合中国人吗？"

越想越具体，越想越多，恨不能一步来到女儿身边，把一切事情都安排得妥妥帖帖，一天到晚陪着，才能放下心来。

事情比预想的要顺利。

女儿和女婿早已读过许多有关的书，心理上已经有了比较充分的准备。由于医院周到的服务和女儿良好的身体状况，外孙女高高兴兴地来到了这个世界上。

在医院，我看见一个新生命活跃在女儿怀里，健康，漂亮。一种庄严的感觉在我心中涌出：太阳每天都是新的，新的生命也和太阳一样。这个新生命是地球上每天出生的几十万生命中的一个，似乎无足轻重。但对于我们来说，她的到来，却是全家无穷喜悦的一个源泉。

这种庄严感，在全家弥漫，化为随处随时可感可见的喜气洋洋。关于孩子出生的情况和出生后的每一个细节，都像报纸的头版头条，引起极大关注，被全家反复"炒作"，趣味无穷。主讲当然是妻了，一旦谈起外孙女，她的所有感觉都被调动了起来。

"护士把这孩子一送回来放到妈妈怀里，我刚一转脸，回头一看，她已经衔起奶头，我好像听见她喂出了啧啧的声音。"

"妈妈头一次唤她的名字，我看她就咪咪地笑，头一回笑，那俩酒窝，真神秘！"

女儿插进话来："别说我妈了，护士把孩子接生下来刚抱走，她立马跟着人家跑过去，把我也扔下不管了。一会儿回来高兴地说，我看了，孩子长得好，鼻子是鼻子眼是眼，十个手指头十个脚指头……我说看你说的，哪个孩子不是这样啊！"

妻听了女儿的"抱怨"笑着说："你们哪里懂？孩子第一

重要的是五官全乎，我首先关心的就是这个。"

其实，对于妻子，孩子的一切，她都当作科研报告的课题。

婴儿从医院回到家里以后，很少听到哭声。我说，这个孩子来到咱们家里是满意的，你看她很少哭。

妻说，这你就有所不知了。一般说，孩子的哭有两个原因：一是饿，二是湿。听到孩子哭上两声，当母亲的就应当能够分辨出来是哪一种原因。正常的哭声是因为饿，恼怒的哭声多半是因为湿，如果不是有病的话。这孩子身体素质好，只要及时喂奶，及时换尿布，自然不会哭了。

原来这上头还有这样细微的规律。我的调侃还真说"中"了：妻的说法果然是科研报告，而我的说法只算是文学感觉，不在一个层面上。

我看到，孩子出生的头十几天，不到两个小时就要喂一次奶换一次尿布，一天下来，就是十二次以上喂奶和换尿布。孩子的哭声是被这样周到的照料"删"掉了。

妻的眼睛同时盯着女儿和外孙女。

妻知道女儿由于产后虚弱和疲惫，最渴望的是多睡一会儿。照料婴儿，白天倒还不算什么，夜晚三番五次起来，就有些难熬了。尽管女婿夜晚也可以凑一手，但女婿白天要上班，况且经验也不足，究竟难以避免把女儿扰醒。

妻想把这个"难熬"自己承担起来。

夜晚她常常和衣而眠，不论几点钟，只要一听见孩子的哭声，好像未曾睡着的哨兵一样呼地坐起，连走带跑，箭一样射向孩子的小床，立马把孩子抱在怀里。这样，女儿和女婿就不至于因为听到孩子的哭声而醒来。

孩子夜里要吃奶，而且饭量逐渐增加，起来的次数越来越多。配方奶又不能事先配好，必须随吃随配。妻总是事先在自己的床头准备好配方奶和水，一旦听到孩子的哭声，起来以最快的速度把奶嘴塞到孩子口中。

几乎在邻居们听不到哭闹声的情况下，孩子已经满月了。婴儿的小脸像花儿一样，一天一天绽开，乌黑的卷发把小耳朵都盖住了，肥嘟嘟的小嘴时不时地咿咿呀呀起来。

妻几乎一天到晚忙活着，我心里已经有点感到她过于劳累了，常常在白天劝她趁空睡一会儿。

"你毕竟已经二十多年没有上过'这样的'班了，已经五十大几的人了，不要太累！你就让我值值班，也有个表现的机会。"

"我的精神好着哪！这一次我算体会到啥叫'心花怒放'了！自己生孩子的时候也没有这样兴奋过。一抱这孩子我就浑身轻松，我感觉我小腹里多余的脂肪都减下去了。我得感谢这孩子帮我减肥了呢！"

她抚摩着小腹，响亮地说着。累与不累对她根本不是个问题。

　　即使说话的时候，她的眼睛也不离开孩子，她常常宣布新发现：

　　"你看你看，这确实是个不一般的孩子，她已经对我笑了！她才几天的人哪！"

　　女儿听到了，说那是婴儿出于本能的肌肉运动，是无意识的。

　　妻不同意："我比你们懂，早晨一换好包，吃饱奶，她就对我笑，那肌肉运动怎么这样巧！别人抱她，她为什么不那样笑？"

　　女婿呼应说："就是不一样！小苏菲雅喜欢姥姥的怀抱，暄乎，暖乎，喜欢姥姥身上的气味，她正哭着，为什么我抱不好，姥姥一抱就不哭了？感觉不一样嘛！感情也不一样嘛！"

　　妻轻轻地呼唤外孙女的名字，不觉又喊起来："你们看，小苏菲雅不仅对我笑，还和我说话呢！我一叫她的名字，她的小嘴就在动。"

　　全家都围上来相视而笑。

　　女婿也有了新发现："这孩子总好用小手支着下巴颏，很可能是个善于思考的人。"

　　"只怕她是个艺术家呢，你们看她的手姿，有时抱起小拳头，有时把两个小指头直直地立起来，有时还是兰花指呢。天生的会这样'作秀'，还得了呀！"我也笑着说。

在孩子身上我们有了这么多发现，两代人乃至三代人之间的精神交流已经开始。

世间还有什么东西能比这种生命之间的交流更宝贵的吗？这个小生命已经给了我们这样难以言喻的巨大快乐。这就是孩子给我们最贵重的回报了。

两个月后我们要回国。分别的时候,我们越加强烈地感到，在我们和这个小生命之间，一种非常微妙的精神联系已经牢固地建立起来。在旧金山机场我本想风趣地与孩子"拜拜"，不料刚张口眼泪竟夺眶而出。回来以后，女儿在电话中说："这几天苏菲雅有点闹人了，都怨爸爸你在这里抱的啦，谁能像姥爷那样抱着又是走又是摇又是晃又是唱！"女儿的"埋怨"当然是称赞，不觉我又噙满泪水。

我夙以为比较理性冷静，但在"第三代"面前，我怎么这样脆弱起来了呢？

想念的痛苦咬嚼着我们。

妻常常问，孩子那样明亮的眼睛现在一定更明亮吧？额头呢，是不是更丰满？鼻头呢，是更尖一点，还是更圆一点？宽宽的眉心之间会不会长出更多的眉毛……

她当然知道，这些变化到来得不会那么快,但还是免不了要问。为了这些问题，我们每每要等到零时以后打越洋电话。因为我们算好了时差，这时候，他们正是上午八时以后，已经起床。

感谢现代化给人类带来一系列神奇的方便。越洋电话和彩色照片不断地传来孩子最新的情况，每一次电话都让大家激动好多日子。后来每打电话，妻和女儿又增加了新节目：让孩子对着话筒传来几声咿咿呀呀声，恍如呼叫姥姥姥爷的奶声奶气。我在一旁说，你又听到世界上最美妙的音乐了！妻往往含着泪花点头说，孩子好像又在身边了。

女儿是最善解人意的，尤其她做了母亲以后，更加体会到母爱的无边无际无微不至。她不仅亲自体验了她和自己的女儿之间的爱，又亲自体会了父母的隔代之爱，这是一种更加成熟、周到的爱。为此，女儿和女婿坚决反对叫外孙女、外公、外婆，认为西方人删去"外"字的称谓更好。

在我们回国以后，女儿在信中深情地说，在自己生了孩子以后，才体会到一句中国格言的伟大和正确："养儿方知报娘恩。"

生命赋

我常常在司空见惯的自然中看到种种生命的奇观。

挺拔的巨树，葱茂的森林，绿色的草原，成熟的庄稼，盛开的鲜花，望着它们，或徜徉其中，那种充沛着的、洋溢着的博大生命力，常常催发我爆发出一种激情，在我周身蔓延，升腾，飞越。

但是，有一些更细微更不显眼的现象，往往特别作用于我的心尖和神经末梢，引起我的一种轻微却异常深刻的震颤。

早春，当冰澌尚未完全消融，万物尚未苏醒的时候，柳树的枝条还是铁灰色，可如小米粒般的新芽已经顶着严寒冒了出来，它就是报春的最早的使者。万木争荣的自然之春就是从它开始的。

当枣芽发出不久，在播种过的棉花地里，可以看见棉芽冲破柔韧而疲软的壳子，一个个钻出地面，遍地都写着两个字：突破。

生命禮贊
癸卯中原馮傑

麦收过后，在麦茬地里新播种上的大豆，不几天工夫，从薄薄的透明的外衣中，蹿出苗壮的一点胚芽，探头顶破地表，满地像是用五线谱写成的生命第一乐章。它预示着，也开始演奏着一部生命交响乐：活泼泼的胖乎乎的豆苗，无边际的宜人眼目的豆绿色波浪，成熟的金黄色的小山一样的粮堆。

我害怕见花蕾。特别是那种已露出一点亮色，将要绽开的花蕾。我一见到它，就如醉如痴。它能一下子把我原来的思路打乱、斩断，重新引诱我不顾一切地去做生命瑰丽峰巅的想象。

经过长久的默默不响地经营、吮吸、积累所蓄积的全部精华、神采、光辉，就要在一刹展现。这是怎样激动人心的时刻！恰如刚刚构思好一篇十分得意的文章，将要展纸挥笔的当口，也恰如与初恋情人不期然的相逢，有一种喘不过气来的感觉。

面对花蕾，我的思路空前的奇特、活跃。有一次我竟然呼啦一下忆起了几年前的一场玩笑话。

那是我和朋友在街头漫步，一群迎面而来的幼儿园小班的小朋友叽叽喳喳，乱钻乱闹，我们被挤得无路可走。可我的那位朋友说，别急别气，说不定未来共和国的总理、部长、文坛巨星、科学泰斗就在这里。

真的，我不是为了写这篇文章而寻找比喻象征，我常常在花蕾前想起这位朋友漫不经心的预言。

我还有一个执拗的习惯：好在贫瘠的荒凉的山间沙漠流连。岩间石缝中生长的斑痕累累千扭百弯的怪柏奇松，荒漠中的一株或一丛"沙打旺"或骆驼草，石板上的一片黄绿浅灰的苔藓，我都向它们注目。这些景象剥落了我热烈的情感，凸现出严峻的理性，我不是可怜它们，我是敬仰它们！

这是怎样坚韧不拔的生命追求！在极端恶劣的条件下，它们全都生长得很顽强，很自信，很精神！外在的温度、湿度、肥沃度等条件，对它们都不重要，它们几乎全靠自己内在的生命力。如果条件再恶劣一点，别的葱茂的一切可能化为死亡的尘埃，而它们仍可能依然故我，生机盎然。如果条件好一点，那它们该是一副怎样的葱茂！

还有比生命现象更瑰丽更丰富的吗？

生命，就是开始，就是突破，就是希望，就是追求，就是创造。

有幸获得一次生命，那就让生命像那么回事地展示一下吧！

致发表了处女作的朋友

　　每当打开一本新的书刊，我常常先去注意作者的名字。已经熟悉的作者固然是亲切的，但新作者的名字却有一种特别的吸引力。这吸引力是来源于一种对新的东西的希望：在新手的哺育下，将产生怎样的洋溢着新鲜气息的艺术生命。我当然知道，艺术上的创新同作者的新老并不总是一致的。但新作者的成批涌现，总使我想起百花齐放、万木争荣、生机勃发的春天。

　　自然界的春天是从哪里开始的呢？一旦冬尽春来，好像有一股积蓄了许久的神奇的力量在暗中推动似的，春风微微地吹过，冰雪消融，万物苏醒，田畴山坳，河畔路边，才见三点五点细芽萌生，三片两片嫩叶初绽，一只两只蓓蕾含苞；也不过十日八日，或只有三天五天，自然界就变了模样。那象征着生命的绿色，由淡黄到嫩绿、又到草绿、墨绿；由一点、一线到一片；由绿的湖，绿的溪到绿的海；那花儿由一朵两朵，一色两色，到千朵万朵，万紫千红。谁都知道，春天，是新的一年的开头，还可能是新的年代的开始，甚或是新世纪的开端。但是，这开始的最初的信息，不正是一点两点萌芽吗？

我常常从自然界的萌芽，想到创作上的处女作。

提到处女作，哪一个弄文字的人，特别是弄文学的人，能不引起激动的回忆呢！

当第一次看见自己的汗水和心血，凝结成一个个铅字的时候，那一个个小方块，真像会飞动的小燕子、会歌唱的黄鹂一样，向人们传达出自己心灵的声音。那洁白柔软的纸上，散发出的耐闻的油墨香味，像有着自己的体温味儿。这真是难以言喻的欣喜！

当然，这欣喜不是没有来由的。

首先，它是经历了多少辛酸磨炼的结晶啊。古人说过，一个人要写诗作文，必须读万卷书，行万里路。有人把创作比作产妇生产，"十月怀胎，一朝分娩"。这都是深知其中甘苦的经验之谈。文坛上有过一发即中、一举成名的幸运儿，但更多的人是在崎岖不平的路上攀登上去的。有经验过于饱和的人，心中郁积着过多的故事，过多的感情，不吐不快，终日为找不到适宜的倾吐方式而苦恼。高尔基说过，由于"令人苦恼的贫困生活"对他的压力，他有太多的印象，使得他"不能不写"。在走上文学道路之前，他时常觉得自己像喝醉了酒一样，体验着由于想一口气就说完所有使自己苦恼和使自己快乐的事情，而发作的啰啰唆唆和言语粗俗的狂热，他常有非常痛苦的紧张的时候，好像一个患歇斯底里症的人一样"骨鲠在喉"，他想狂叫。后来，他成了世界一代文豪。

也有经过一系列的失败，终于走上阳关大道的人。著名的巴尔扎克从二十岁开始选择文学道路，过着艰苦的生活，埋头写作。先后写了诗体悲剧和小说十多部，但都失败了。到了三十岁上，他才用真姓名发表了第一部严肃的文学作品，这部书问世，初步奠定了他在文学界的地位。

当然，还有的人，写了佳作却长期找不到"知音"和"伯乐"，为作品不能出世而懊丧，一大批退稿信和由白变黄的稿纸，记下了作者所受的熬煎。

但是，作品终于与读者见面了！愈是得来不易，愈是第一次，愈是令人欣喜。

这欣喜来自创造的喜悦。工人把材料变成机器，农民让种子结出果实，这需要灵巧和智慧。作家呢？他们把自己所见过、听过和经历过的人和事，描绘出来，不仅重现生活的美与丑，而且经过自己心灵的熔炼，铸成一幅社会上所找不到的、独一无二的、全新的、鲜明而又生动的画图，不仅让人们看到，而且心儿也被打动。这其中有多少独具慧眼的观察，奇妙瑰丽的想象，和扬波生花的笔墨啊！有时候讲也讲不清，真有

致发表了处女作的朋友　　　**253**

掌上春天
壬寅馮傑

254

点妙不可言呢。

这欣喜，还来自一种献身的满足。文学创作，不是一种消遣，是一种社会性的事业。作家把自己的生活经验、思想、感情化为艺术品，使感情得到交流，精神受到激励，知识得到传播，性情得到陶冶，使人变得更美好，使社会变得更完善。不仅有益于当代人，而且传之久远。不仅本国人，而且跨越国界。这的确是对人类的一种贡献。正是为此，作家们呕心沥血也心甘情愿。

因此，我们说，这欣喜是正当的，有意义的。发表一篇作品，虽然不能就说是"经国之大业，不朽之盛事"，但是，它的意义有时还真不可小看呢。鲁迅先生说过，时代是在不息地行进，现在新的、年青的、没有名的作家的作品站在这里了，以清醒的意识和坚强的努力，在针芒中露出了日见生长的健壮的新芽。自然，这，是很幼小的。但是，唯其幼小，所以希望就正在这一面。

就一个作家的成长也是如此。处女作的大多数，可能还只不过显露了作者才能的一点点萌芽。然而要有茂林嘉卉，则非先有这萌芽不可。试看文学史上，因为一篇作品的发表，有时可能是一个人迈出的有决定意义的一步，甚至决定了一生的方向和道路。郭沫若在日本留学期间，本来是学医的，但《时事新报》的《学灯》专栏发表了他的两首新诗，郭沫若第一次看见自己的作品印成铅字，有说不出来的高兴。于是创作的胆量愈益增大，作诗的兴趣愈益增进。有的处女作，可能一下子闪耀出作者的熠熠才华，显露出他在艺术上的主要特色，也可能一下子就达到了或创造了当代艺术的一个高峰。或者由于他和人民的血肉联系，他一发言，就成为人民公认的可信赖的代言人。鲁迅的小说创作，就是从《新青年》发表他的"最初一篇"《狂人日记》开始，从此"便一发而不可收"，成为中国现代文学的开山祖师。这说明，别看是一篇处女作，对作者、对文坛、对人民的事业、对历史，有时确实包含着难以估量的意义！

当然，当我们充分注意处女作的意义时，决无意于给文学新人灌迷魂汤。事实上，决不会也不可能每篇处女作都是上乘、佳作、巨制，也正如不能把刚起步说成已达峰巅，把萌芽说成大树，把蓓蕾说成花园一样；尽管前者有可能变成后者，但是简单地把可能与现实混为一谈，总是有百害而无一利。

对于一个文学新人来说，当以欣喜的心情来重新审视自自己的作品时，特别是听到社会上的赞许的声音时，应该更理智一些，冷静一些。在新鲜活泼的小生命前，不要老是亲吻她的脸蛋，陶醉于她的美，也要有勇气正视她的不那么美，或者简直是丑的地方。清醒地看到长处和短处，十分珍惜自己富有独创性的长处，决不轻视自己先天或后天的不足，力求把"第一步"作为起点，在新的创作中，扬长避短，取长补短，使美处更美，丑处变美。在小小的成功面前，要看到创作路途的漫长，感到身上担子的沉重，不能停止和懈怠。

文学艺术是这样一种事业：无穷无尽的探索，永难满足的追求；既迷恋人，又缠磨人。马克思说在科学的面前就像在地狱的入口处一样，不能有任何的怯懦和软弱。文学艺术事业也是一样。为了一个妥帖的字，为了一个理想的开头，为了一个新的艺术生命的诞生，要经过多少日子甚至多少岁月的熬煎！没有普罗米修斯的精神，没有韧性的战斗，是成不了大事业的。因此，如果选定了文学这条道路，那就既不要因为写了几篇东西没发表，就轻率地否定自己，自惭形秽，自暴自弃；也不要因为已经发表了一篇或几篇作品，哪怕是非常优秀的作品，就忘乎所以，过高地估计自己的实际水平，以天才、神童或文豪自命。对文学事业要永远迷恋，而对自己的成果永远也不要陶醉。

这样，我们对处女作的祝贺，就变成了更大的期望。对一个作者来说：今日萌芽，明日嘉卉。对整个文坛来说：今日萌芽，明日茂林。为了这期望能够变成现实，我愿文学新人们把高尔基的这句话作为座右铭：

人的天赋，就像火花。它既可以熄灭，也可以燃烧。而迫使它烧成熊熊大火的方法，只有一个：劳动再劳动。

一种海

我常常觉得，我置身于一片海中。

人的思路大概各有特殊习惯的路径。我每每见到宽阔辽远的景物，就常常联想到大海；当我读书的时候，我常常感到像在大海中浮游。

在我的见识中，海，是一种极其宽阔的存在。

有一年，在杭州，我踟蹰于苏堤上。举目眺望，一片碧水，烟波浩渺。它的容量真够大的了：它把杭州的一切都包容进去了，把整个天空都包容进去了，大地就在它的怀抱之中。有人说，暮色苍茫之时，或烟雨迷蒙之中，人往往觉得这里像个海湾。

可，它不是海，而是湖，名声很大但面积并不算太大的西湖。

到过昆明，最使我难忘的是滇池。它，方圆五百里，那个宽阔模样，西湖不能比了。偌大一个昆明城，一座绵长的西山，在它旁边，都显得小了。我登上滇池边上的大观楼，极目而望，只见那水面直通到天上，好像滇池是天河里的水漫溢过来的。郭老游览滇池赋诗形容它"海样阔"，实在也找不出比这更合适的比喻来。我心里想，谁能够计算得出，它个中藏着多少丰富的稀罕物啊！可，它还不能称作海，它叫滇池。

在北戴河的老虎岛，我看见了真正的海。遥望水天相接处弧形的曲线，点点帆影，我忽然理解了哥伦布的大胆新奇的推想。人们居住的无边无际的大地，是这样一个广大的存在，原来不过是漂浮在大海上的球体。在那令人目眩神迷的浩大景象面前，我不由得想起曹操《观沧海》的诗句来："秋风萧瑟，洪波涌起。日月之行，若出其中；星汉灿烂，若出其里。"说得真好！的确，宇宙、世界都像是在这里出生的一样。海，它比我想象的还要大得多啊！

真正领略到大海之大，是一次实地海上旅行。

在海里，我忽然觉得，天就是海，海就是天，大海和天融为一体了。我们乘坐的海轮在海上还没有大雨滂沱时的一滴雨点那么大，吸着海风，我的灵魂像被洗涤过，我的眼睛像是换了一副新的，满眼是生动的无比壮阔的美。灿烂的浪花，小山一样的浪头，扭转乾坤般的涡流，神奇的光洁的海面。我的胸怀一下子舒展开了，无限地扩大了。

我好像钟了天地之灵秀，估不透地深沉了。我进入了一种新奇的境界。我在船上睡着了，我觉得，船在下沉，前头有夜明珠照耀；然后，看见了龙宫，银碧辉煌；看见了海底的天堂，各式各样的奇人异类，稀世珍宝，见到了又一个世界。我忽然觉得，我成了做逍遥游的鲲鹏，成了海的老人。

这景象，留给我的印象太深了，那画面，连同那体验，常常浮现在眼前。每当我接触一种广大渊深的事物，获得一种深刻丰富的体验的时候，我总是联想到它。

而当我沉浸于书本并有所得的时候，这种恍若置身于海中的感觉，就格外鲜明和强烈。

记得有一次，几位同道争论世上什么东西最大。大家各自举出有形大的事物，而我的答案是书。

我举出法国作家雨果的一句话，世上最广阔的是海洋，比海洋更广阔的是天空，而比海洋和天空都要广阔的是人的心灵。我说，能够包容这一切的，是书。

缩龙成寸，咫尺万里，瞬间千年，显幽烛微，不正是书的本领吗？书，是凝固的历史，是文明的精华，是能够在世界任何一个角落做逍遥游的人类的精灵，是一块能够照彻九天万劫的魔镜。

这话，大家先是发笑。继之，不少人首肯了。

的确，书，这是又一种海。

要知道这书海之大，不妨看几个资料。据法国《当代百科全书》估计，如果将全世界馆藏图书的内容用打字机打成一行字，可排成二千多亿公里长。如果将它们输入电子计算机信息，约需要一万多亿美元的资金。我国是古代典籍最丰富的国家。唐人编的《艺文类聚》，即有百卷；宋代编的《太平御览》，就达千卷；而明朝的《永乐大典》，则有两万两千八百七十七卷，可惜大都散失了。到了清代编的《古今图书集成》，尚有万卷。藏量达一千多万册的北京图书馆，仅古籍善本就有三十余万册。随着印刷术和科学文化的日新月异的发展，文化的世界性交住频繁，书海的"水势"上涨的速度常常超出人们的想象。世界上具有千万册以上藏书的图书馆不止一个。莫斯科的列宁图书馆占了整整一条街，如果把书架排成一行，总长可达五百公里。而具有一百多年历史的美国国会图书馆收藏书刊资料七千五百万件，装满书籍的书架首尾相接竟可达八百五十公里。据说，美国的图书版权注册处，每八分钟便接受一本新书。那么，全世界呢？

的确，书，这是又一种海。

它的广和深，虽然没有西湖、滇池、北戴河和大海那样可以看见，可以触摸得到，但它却是更加深不易测、广不可量的。

这书海，是一种智慧的大海。

书是人类智慧的结晶，究天人之际，穷古今之变，寻找历

孤海行舟

癸卯初原中
馮傑

史运动的规律，揭开自然演化和人生发展的奥秘，从宏观世界到微观世界，从宇宙外部到心灵深处，这是历代思想家、科学家、文艺家思考探索的课题。无数的主义，层出不穷的道理，讲说不尽的辩难，此伏彼起的争鸣，各式各样的高谈阔论，正确的，错误的，闪耀着真理光芒的，包含着真理颗粒的，标志着此路不通的，纷然杂陈，兼容并存，没有一种思想体系可以称作亘古不变的结论，永远有新的课题在提出，每一分钟都有新的精神成果。

正是这些像天空中闪耀的星辰一样的无穷无尽的书籍，照耀着世世代代人们的思想。正是这些真理的火把，照亮了人们的生活，成为全人类的精神向导。它像一艘一艘船，带领人们从狭窄的地方，驶向生活的无限广阔的海洋。每一个重要规律的发现和传播，每一项重要科学技术的发明和推广，就可能在一个或几个领域，改变人们的生活面貌。欧几里得的几何学，牛顿的三大定律，爱因斯坦的相对论，达尔文的生存竞争说，……特别是马克思主义、毛泽东思想武装了人类，曾经怎样地影响了历史的进程，改变了人类的命运啊。

书海，这也是一个人的大海。

每一本好书都是一个五光十色的世界。甚至一首小诗，一篇短文，就可以把天地囊括进去。"笼天地于形内，挫万物于笔端"。上下几千年，纵横几万里，上穷碧落，下至黄泉，人间冥中，天堂地狱，没有不可触及的地方，没有不可描画的人物。在书海中，五千年前的苍髯老者音容宛在，当今咿呀学语的孩童栩栩如生，各种肤色的男女，各样长相的人们，有着各个不同的性格、语言、风俗习惯，生活在东方、西方、巨人国、小人国、女儿国、君子国、理想国、佛国圣土、鸟的天堂、生物世界，熙熙攘攘，热闹极了。

有作家说过，当他读到巴尔扎克的小说，描写银行家举行盛宴和二十多个人同时讲话，因而造成一片喧声的篇章时，他简直惊愕万分。各种不同的声音仿佛能听见，而且能看见这些人的眼睛、微笑和姿势。他读司汤达的作品时着了迷，怀疑书里面隐藏着一种不可思议的魔术。曾经有好几次，他像野人似的，机械地把书页对着光亮反复细看，仿佛想从字里行间找到猜透魔术的方法。

有人统计，仅巴尔扎克笔下，就有二千多个人物；而《红楼梦》一部书，就有八九百个人物。谁能计算得出，世界文学艺术画廊中和历史著作中的人物行列中，共有多少人物呢？

这书海，还是一个感情的大海。

书，无论是产生于劳动的需要，游戏的需要，欲望的需要，和种种人生的体验，大多离不开感情的宣泄和表现。尤其是文学艺术，无情则不要谈它。感情，人的感情领域，这是最丰富的所在。喜、怒、哀、惧、爱、恶、欲，它既是人的天性的流露，也是人的后天实践的产物。亲子之情、恋人夫妻之情、朋友同志之情、乡亲邻里之情、阶级之情、民族之情、爱国之情，崇高的、卑劣的、伟大的、渺小的、热烈的、冷淡的，汹汹然不可遏止，于是诉诸笔墨，宣乎诗文，像大海中的水一样在书中汇流起来。

然后，书又成为滋润人们精神世界的甘泉，沟通人与人之间精神联系的磁力线。读者在欣赏时，虽然书中所言不干己事，但却感同身受，不能自已：或泪洒书页，或五体投地，或五内俱焚，或拍案而起，化为怒火以至把书毁掉。一种无声的、无形的、无法估量的潜在的力量，在冲击着人，陶冶着人，改变着人。如鲁迅青年时代所写："吾人乐于观诵，如游巨浸，前临渺茫，浮游波际，游泳既已，神质悉移。而彼之大海，实仅波起涛飞，绝无情愫，未始以一教训一格言相授。顾游者之元气体力，则为之陡增也。"

在书海中遨游，丰富的情愫滋养着游者，不仅元气体力陡增，而且人在整体上臻于完美。一位当代作家说过，《红楼梦》是中国灵魂的一部分，在中国，从很多人身上都能看到一股"红楼梦"味。而他自己，第一次阅读《红楼梦》，就像疯狂一样在漫游着一个"感情的世界"。他说自己从一个乡下野孩子，变成了一个"感情的动物"，《红楼梦》起了很大影响。

中国的《淮南子》说："百川异源，而皆归于海。"又有百川学海之说。这是再恰当不过了。的确，书是大海。

每当我置身于书海中的时候，我有两个发现。

我发现，个人的小。

我觉得自己贫穷、孱弱、饥饿。我知道得太少，太小。

我也发现，人的伟大。

有谁见过人造的大海吗？这浩瀚的书海，就是人工的大海。它是人类创造出来的，是人类智慧的花朵，文明的结晶。它和人一样，也是有生命的一种现象。它是活生生的，会说活的精灵。翻开每部优秀的书，都像一个大写的"人"字。人，比上帝更伟大。书海的创造，便是证明。

每当置身于书海的时候，我有一种丰富的享受感。

我恍如乘上了海轮在大海游弋，仿佛进入一个天高地广美不胜收的奇异境界。一部好书、一篇好文章、一段精彩的描写、一句解颐妙语，甚至一个恰切的词，一个精当的字，常常使我觉得，像看见了大海宽广渊深的怀抱，气势动人的海浪，闪闪烁烁的珍宝。我想投入它的怀抱，拥抱它，抚摩它。我心中充溢着一种饱餐美味佳肴后的满足感，获得丰收后的充实感，一种难以名状的愉悦，一种渴望创造的冲动。我觉得，我也应该像大海一样丰富和渊深，我也要往大海汇进自己的一滴、一瓢、一川。起码，成为大海上的一叶扁舟，或者海中的一只小鱼小虾，领略领略大海的丰神秀气，也不枉来到人世上一回。

我想起一位希腊哲人对一个问话的回答：

一滴水怎么才能不致干涸？
放到大海里去。

我愿向朋友重复一句忠告：你要变得聪明，发展才能，成为强者，为祖国和人民做出贡献，那么你就——爱书吧！到书海里来遨游吧！

附　录

一　关于《云赋》的写作

　　《教学通讯》编辑部的同志来向我约稿，让我谈谈创作体会。我愕然了："我有什么创作体会可谈哟！我是搞理论的，只是评论人家的作品，推测猜度人家的体会。"对方说："你的《云赋》选入中学语文教材了，你有创作实践，当然就有体会啊！"于是，一定让我写一写。我一下子有点犯难了。

　　我在搞文学理论之余,间或也有片刻的创作冲动：因了一个思想观点的照耀，或者一点极为新鲜的印象的回忆，或者二者的结合，过去蕴藏在心中的情绪的丝缕露出了线头，真如"囊锥偏要出头来"一样，不拿起笔把它写出，心中就不能安生。于是乎，就偶尔有一点散文之类的东西，但我并未想去发表它。有位富有经验的朋友看见了一些草稿，又是鼓励又是激将地要我把它寄给报刊，它们居然被陆续发表了。《云赋》就是最初的几篇之一。

　　要我来谈"创作体会"，是不是有点大题小做，会不会贻笑大方？只是，凡事都有个过程。一篇文章的产生，总有前因后果可以交代。

一次真实的经历

文中说到，直接触发我拿起笔来写一篇《云赋》，"是在一次旅途上，飞机中"，确是如此。

那是五年前一次到北京出差，回来时坐了三叉戟飞机。北京至郑州之间的民航班机我坐了好多次，但只有这次是三叉戟飞机。比较起来，它飞得特别高。因而，那次空中旅行给我留下的印象就格外强烈鲜明。当我在云层之上，仰望晴天碧空，我觉得灵魂如洗，好像受了一次净化。特别是当我看见那无依无托地停在空中的月牙时，我觉得恍如两肋生翼，飞了起来，伸手可以触摸到它。我从晴天碧空中俯视脚下的云海的景致，看到了"见所未见"的奇景。天外有天，那样空灵寥寥，比常见的现实世界（它当然也是现实世界的一部分）还要多彩多姿，有一点美妙绝伦之感。

由于这景象太超出我原来的经验，曾经见过的云景拿来同它相比较，引起了我各种关于云的联想，引起了我对自然界的某种辩证关系的思考。它成了我心中的一幅画，忘不了它。但凡人们见了美的物事都忍不住想要说出来，我也极想把它描画下来告诉亲朋和所有的人。

偶然的触发

文中说，那次空中经历"直接"触发我拿起笔来。这话只是就文章的根本来源说的。实际上，那次经历后，我并没有立即拿起笔来。而是这图画在心中藏了差不多五年。真的动笔时，却是由于一点新鲜又脆弱的联想触发起来的。

有一天，我读清代蒙古族作家哈斯宝对《红楼梦》作的批注。他在第二十回有一段批语，讲到文学的"烘云托月之法"。那批语写得中肯而又清雅，他说：

此处又见烘云托月之法。画月的，不可平直去画月亮，而要先画云彩，画云并非本意，意不在云而在月。然而，仔细想来，意又在云。画云一不适度，过浓过淡，云便有了笔病，而云之病即月之病。……云画得薄厚恰到好处，无点滴渍痕，则望之若在，视之若真，吸之若来，吹之若去，这云便画得工巧了。赏画之人，见画云工巧，总要说月儿画得美，没一个人赞赏云儿画得好。这虽辜负作画人画云的匠心，但也着实切中作画人原意。不能只评月不评云，云月二者之间有妙理贯通，欲合之而又不可合，欲分之而更不可分。

这一段关于云与月的妙理，忽然令我想起那一次空中体验。尤其是"云画得薄厚恰到好处，无点滴渍痕，则望之若在，视之若真，吸之若来，吹之若去"一段话，一下子把我五年前的印象仓库呼啦打开了，十分鲜明地重新浮现在眼前。一阵不可遏止的写作冲动迫使我拿起笔来。

多彩多姿的美与浑然一体的美

我提起笔来，最初的念头是要写出天上见到的云景。但又想：这不嫌太单薄了吗？我考虑到云的特征：变化万千，千姿百态。我要写出几姿几态，让它们互相映衬，相得益彰。

我想到那天的经历。由看到暴雨前的乌云，到雨中的徜徉着的云，到雨后的淡云，到天上的彩云，以及碧空的万里无云。我知道我的笔力太弱，要想描画自然界的景致，实在是力不从心。我只好老老实实地述说自己的见闻和感受。

我记得前人关于散文的写作格言：形散神不散。我放开思路，让它在地上天上自由驰骋，去构想天姿云色，但又收拢到一点上，写出我的目中、心中审视过、温暖过、甚至是思考过的自然景象，造成一种意境。

我尽量避免客观地散漫地罗列展览，不使它如说明文一般，而是用一场"战斗"的始末，作为叙述架构，借助比喻、拟人、联想等手法，把雨前、雨中、雨后的云姿扭结起来。同时，我力求有自己的新鲜比喻，阔大的联想，完整的神思。

我把动美和静美结合起来。在描写了一场"搏斗"之后，接着到天上悠然地欣赏一种空蒙的静美。即使文气跌宕，也符合情绪的有张有弛。

我还模仿大手笔的笔法和章法，入笔如信手拈来，在读者不经意中带入意境。而结尾时，尽可能自然而又笔力不减，使首尾呼应，加强通篇浑然一体的感觉。

我知道上面所说的一切，在文章中并没有真正得到体现。我坦率地说出自己的"追求"，只是表明自己的一种愿望。

开拓艺术天地需要读书和磨炼

我的主要专业是文艺理论，但我爱读散文。古人的，今人的，都爱。也爱读诗，尤其是古诗。时而偶有所得，也时而对名作产生一点疑虑，私下认为应当如何如何，不应当如何如何，但从没想到自己也来写写试试。平常想得"头头是道"，一当自己拿起笔时，就显得有点"麻缠头"了。只觉得读书太少，太粗，好处借鉴不来，劣处却摆脱不开。也觉得经历太浅，尤其观察不细，体验不深，更觉得实践太少，笔墨不听使唤。一笔下去，刀凿斧砍，想方不方，欲圆难圆，更不用说美了。想写的东西很多，撕扯不开，难以做到清奇俊秀。写作了才知道，即使开拓一片艺术天地，也需要长期的读书和笔墨磨炼功夫。

二 复宋遂良同志信

遂良同志：

你好！

京都一别，忽已月余，很是想念。

大函已仔细拜读，一则衷心感谢你的鼓励，二则我说句心里话，你对那篇小文的夸赞，实不敢当。

《云赋》被选入中学语文课本后，我陆续收到全国各地一些老师的来信，要我谈谈文章有关的一些问题，特别希望谈谈作者在文章之外的"底"，或者说说其中的"深意"。记得在京时，我同你谈起过，这种要求常使我惶然。

我理解老师们的苦衷。为了给学生"批讲"课文，需要尽可能了解得多些，想得多些，我也做过此等事。但一篇文章的产生，有的很复杂，有的却十分简单，《云赋》大概属于后一种。你说你读过《星云月三赋》，这三篇散文中得来最容易的就是《云赋》这一篇。我写时原本没有想很多，只是偶有所感，心有所动，不能自已，就提笔一气写出。写过后，更没有再去想它。有朋友和同志在杂志上看到它，说它怎样怎样的好，我也是一笑置之，过后又忘了。被选入课本后，由于教学的需要，有些刊物和老师要我一定谈谈，我怕却之不恭，只好从命。郑州市《教学通讯》文科版今年第五期发表了我的一篇小文《关于〈云赋〉》，把有关的主要意思约略谈到了。

对于你信中提到的问题，我简要地谈谈，算是朋友交心。

关于文章的"寓意"。这问题，上海一位老师也来信问起过，我觉得不易说清，也没有复信回答他。说老实话，我写的时候并没想到要有多深的"寓意"，特别是政治方面的，几乎没有想到。我主要想的是写出我目中、心中的美，写出大自然所呈现的丰富的真实状态，多种多样的，又是浑然一体的，同时"流露出"我由此而产生的对自然界某种辩证关系的思考。

在我看来，巧云、淡云、彩云、无云，固然是美的；即使是乌云，我也不是要写它"丑"。表面的"乌"，不是我的感情色彩，"凶神恶煞"，我用的时候也不是取通常意义上的贬义，如同有的革命作家笔下的"魔"一样。我写它的无穷无尽的力，它的翻江倒海的气势，我觉得这也不失为一种美。不然，我怎么能在文中说"我的思路也禁不住随着乌云狂奔起来"呢？

要我用一句话或几句话说出这篇文章的主题思想，我至今归纳不出来。我知道，文学作品一旦公之于世，人们各从自己的角度去理解它，往往得出不尽相同甚至相反的认识，正如同人们观看某种自然景象或经历某个事件一样，感受和体验也大不相同，这大概也算是正常现象吧。我以为，老师们尽可以根据自己的理解去归纳概括。

关于文章的结构章法。如你所说，基本上是以时间为顺序展开的。首尾有互相照应的用意，但还有点想信手拈来而又能引人入胜以及收笔有力留点余味的考虑。从头尾以至通篇，我的心思主要是想让景景相映衬、相联结或者说相对比，辩证地融汇成浑然一体。若说是以时间为经的话，那么，画面则可说为纬。我请你注意，它不类于一篇景物说明文的地方，就在于各样云景之间互相起了作用。正如你指出的，天上彩云图也许是作者企图描画的最突出的画面。这个意思，杨墨秋老师在他的教学设计中已经最先谈到了（见《教学通讯》1982年第五期）。

关于文章的语言，我的功力是很不够的。这只能算是习作式的东西，而且它大约就是我的散文处女作。我写不好，但我却写得认真，尤其是我读书不马虎。我常常迷醉于中国古代散文和古代诗词的语言美和意境美。它们用字用词的准确，蕴藉，读来朗朗上口，富有节奏的音乐美，特别是意境的幽深、空灵，常常不知不觉把我带入一个奇异的新天地，然后不知不觉地就把那些文章刻在脑海里了。

屈原的《离骚》与《九歌》、庄周的《逍遥游》、柳宗元的《永州八记》、欧阳修的游记、苏轼的前后赤壁赋，以及鲁迅、茅盾、朱自清的散文等，或者雄奇，或者灵秀，或者大刀阔斧，或者凝练细腻，都令我叹服而不忍释手。它们都从艺术的整体上给我以滋养，尽管我说不出我的文章哪一句、哪一字学的谁，脱胎于某篇著作。整个说来，我的语言离熟练的文学语言还差得远，恐怕经不起老师们字斟句酌地推敲分析。高明的语文老师的一双眼睛衡量起文章来有时真好比一架天平呢！

以上匆匆信笔写来，定有不妥，请尽老师之责不吝指教。

顺祝

教安！

广举

1982年5月11日 郑州

附：宋遂良同志来信

广举同志：

你好！

从北京回来后，就把你的《星云月三赋》找来再次拜读。因为我们下学期就要向学生讲了。

"三赋"中我似乎更喜欢《月赋》，但从中学生阅读领会的角度看，当然以《云赋》为最好。

我以为这是一组写得充实优美、自然真挚的散文。我们过去也读过许多赋体散文，如《阿房宫赋》《赤壁赋》，连同谢庄的《月赋》在内，或过于虚无哀艳，或失之孤独清高，感情都比较沉重，虽然这些都是不朽的名作，但总归同我们今天的现实隔着一层。一九五八年以来的有些赋体散文，包括选进中学课本的，有的又热情过头，浪漫主义太浓，主题过直过露的缺点，给人以一种斧凿、外加的虚假感，连学生也看得出来。而你的这篇《云赋》，却没有类似的缺陷，它的内容丰华而洁净，意境深远而不朦胧，情感振奋而不浮泛，所以我觉得很好。

领会这篇散文，首先就会遇到它的寓意问题，它的主题究竟是什么？我真有些难以捉摸，现在勉强说说看。

可不可以说，通过对自然景物的描写，你指的那些显赫一时、凶神恶煞、制造黑暗的乌云终归要被光明驱走，它们是不堪一击的。你还说明，只有"站在云头之上"，拨开了乌云才能见到真正的"青天"，认识整个宇宙的辽阔和高远，那是不是就寓有"欲穷千里目，更上一层楼"的哲理呢？

但是这类推论、联想、引申，都是读者自己从作品中体会的、总结的。你在写作中，是不是有这个寓意，想没有想到我上面说得这么多呢？恐怕未必想到。

这样的去分析形象性很强的作品，吃力地去搞"微言大义"，实在是不太好的。但作为一个教师，也许是一种职业病吧，总不得不这么去归纳，去"净化"。因为教学中有"主题思想"这一项啊。

其次要向你请教的，是关于这篇散文的结构、章法。

我以为除了开头和结尾是互为映照以说明写这篇文章的缘由以外，中间六段都是以时间为顺序展开的。是否可以分作两部分：

从第二至第五段是写狂风吹聚着乌云，乌云带来暴雨，雨过天晴，白云悠悠地来了。

先写狂风从浅灰色的天幕后猛吹，吹得"一大团、一大簇的乌云"奔跑、追逐、拥挤、翻滚、聚拢，"发动进攻"终至于"纷然瓦解，溃不成军"的过程；次写雨过天晴，淡淡的白云像"银色的羽毛"在天上飘浮带来的洁净和清爽，给人以轻松的喜悦感，这样就为下一段从容地欣赏和体味那幅"瑰丽的彩云图"准备了一个典型氛围。

五、六、七三段组成的第二部分是全文的高潮（如果可以叫"高潮的话"）。它描写了两个意境，一是那些"连绵起伏的云山絮岭""或卧，或坐，或行，或止，都在默默地体味这空蒙的仙境中片刻的静美"。我觉得这"片刻的静美"是一个很高的意境，它好像是说，真正美的东西，都是从容，安静，不事雕琢，不靠陪衬而自然形成的一个整体，而所谓"片刻"，即是讲，运动着的东西，有生命的东西，不断变化、革新的东西给人的美感更生动，而要捕捉这种美，就要经过审美者的再创造。亦即马克思在《1844年经济学哲学手稿》里谈到过的，人"在他们创造的世界中直观自身"，就是一种审美感受、审美欣赏。这层意思不知我的体会对不对，是不是又讲远了？另一个意境，就是在云层上看到的"湛蓝湛蓝，高远莫测"的青天，给人以一种宇宙无垠、探索无边、真理无穷的启示。这也是意味深长的，而这两种景色都是从地面上看不到的。

接下去的第七段自然地过渡到古代作家在没有科学地认识到自然变化时，所描写的云神形象，就更增强了上一段关于云的神秘诡谲、千变万化的描绘。这里也使我想起学生学过的李白《梦游天姥吟留别》中的那些诗句："青冥浩荡不见底，日月照耀金银台。霓为衣兮风为马，云之君兮纷纷而来下。……"

最后，我觉得这篇散文的语言很适宜于学生学。这是因为它既准确，又富于形象。如形容乌云的嚣狂和白云的幽美所用的那些文字，是经得起诵读的。我希望你也能谈一谈你学习、运用语言方面的心得体会。

我就这样向你班门弄斧一番，又向你提出了一些问题，希望你抽暇赐教。

即祝

愉快

遂良

1982年5月3日 泰安

注：宋遂良，山东省特级教师，山东师范大学教授。

三 复朱堃华同志兼答读者问

朱堃华同志:

五月初我从北京回来，看到中学语文教材编辑室转来的几封读者来信，我自己也陆续接到一些来信，就几个问题简复如下:

一、湖南一位老师提出，《云赋》中写到的白天在高空中看到"月牙"的情景，"从地面的经验看却有些难以理解"。

我想，这种自然现象如何解释，可以求教于地理学家或天体学家。我要说的是，这是作者亲眼见到的景象。不光这一点，整个《云赋》完全是根据一次真实的经历写成的，尤其是对自然景象的描写，没有虚构和凭空添加什么。写作时力求真实地写出所见、所感、所思。这意思记得我在一篇短文中已经说过。当然，作者力图达到的，在客观上也许没有真正达到。这里，我想告诉老师和同学们，那"月牙"是十分真切地看到的。刚好是这一"奇景"，引起了我心灵的震颤——见所未见，想不到会是这样动人心弦! 这一幕一直清晰地、新鲜地保留在我的记忆中，成了写这篇文章的最初的种子。

二、"乌云"一段描写中的种种比喻，我只取外形上的相似，并不隐喻着褒贬，对于它们之间的"争斗"也无"正义与非正义"的倾向。因此，"攻城略地""庄严神圣"多少带有一点幽默味儿。至于"逐出国门"以后是否就不能再"踏为齑粉"，还可研究。有封信说"既然'逐出'就不可能加以粉碎"，我以为这种说法太绝对了点，是不是可能呢？也许可能。

三、字、词、句的加工推敲问题。

江苏武进杨金达老师和其他老师提出了一些很好的意见，有几处可考虑这样修改：

1."那数不尽的羊群马队能赶进乡村的牛栏"，"牛栏"可改为"羊圈马厩"，或泛指的"圈栏"。

2."无际的瓦块"，改为"无数的瓦块"好。

3.写乌云一段中的"翻卷着"一语，由于搭配关系太复杂，不如删掉。

4."我的思路也禁不住随着乌云狂奔起来"一句中的"思路"改为"思绪"好。

5."直接触发我拿起笔来，是在一次旅途上，飞机中"一句，为了句子成分的完整，拟改为"直接触发我拿起笔来的机缘，是在一次旅途的飞机中"。

文章不厌百回改，好的文章往往是改出来的。我感谢提出各种各样意见的同志，并且认为，教材编辑室的同志有权根据中学语文教学的需要和文学创作的规律，对它加工修改。

祝好！

孙广举 1983年5月5日

附：朱堃华同志来信

广举同志：

五年制中学高中语文第三册课本修订本中，选用了您的《云赋》，这册课本已使用了半年，对您这篇课文一般反应较好；但也提了些改进意见。现在从来信中选了几份有些代表性的寄给您一阅。

今年下半年将对现行教材再作一些修订，以便进一步提高质量。希望您参考读者意见对《云赋》提出您自己的修改意见寄给我们，以便作为进一步修改这篇教材的依据。

即问

近好！

中学语文编辑室 朱堃华

1983年3月28日